暗杀的年轮

〔日〕藤泽周平 著

王天一 译

著作权合同登记号　图字01-2024-6508

图书在版编目（CIP）数据

暗杀的年轮 /（日）藤泽周平著 ；王天一译 .
北京 ：人民文学出版社，2025. -- ISBN 978-7-02
-019206-9
Ⅰ. I313.45
中国国家版本馆 CIP 数据核字第 2025TZ2835 号

责任编辑　李　硕
装帧设计　刘　远
责任校对　朱美凤　李晓静
责任印制　王重艺

出版发行　人民文学出版社
社　　址　北京市朝内大街166号
邮政编码　100705

印　　刷　北京新华印刷有限公司
经　　销　全国新华书店等

字　　数　144千字
开　　本　787毫米×1092毫米　1/32
印　　张　9.375　插页3
版　　次　2025年9月北京第1版
印　　次　2025年9月第1次印刷

书　　号　978-7-02-019206-9
定　　价　46.00元

如有印装质量问题，请与本社图书销售中心调换。电话：010-59905336

目　录

黑绳索

一

庭院深处，传来修枝剪的声音。

金属的、生硬又干涩的声音，时而打断阿篠的淡淡愁绪。每当此刻，阿篠就停下缝衣的手，恍然回神望向庭院。端正的面容上眼眸细长，这让阿篠的表情更增添了些许忧郁。睁大眼睛望向庭院时，那一抹黯然从阿篠的脸上倏地消失，转而让人感到无比绮媚。

宣告夏日终了的日光，盈漫庭院。修剪过枝叶的杜鹃、吊钟花等庭木，及至院石平坦处，都染上了一层光。这光像油一样浓稠，昭示目前的时刻已过上午十时。院石的一隅，生长着一簇凤仙花。这让人怜爱的花簇，在浓郁的日光下，也显得有些慵懒。

天气不热。有风吹过庭院，干燥清爽，带有几分始凉未寒的秋的气息。

“今天也没有来。”阿篠想。眼瞳深处，映着已经分手的丈夫房吉的脸庞。阿篠确信房吉终有一日会前来与她相见。因为受到婆家上总屋的苛待，不得继续容身，阿篠离开了那个家。但分手并不是出于对房吉的厌恶，所以她想见见房吉好好谈一谈。

望着晚夏阳光的熏照，阿篠意识到自那时起已过半年光景，继续等待也许只是徒劳。信念一旦开始动摇，就会涌现一种像是被房吉抛弃般的悲戚哀怨。为了摆脱这沉重的心情，阿篠做起了针线活。

“地兵卫，差不多结束吧。”

隔着走廊的茶室，忽然传来母亲阿泽的声音。随即剪刀声停了下来，周遭像时间从那一刻起被切断了一样戛然无声，在这安静中，回响着“好，谢谢夫人”的回答声和老人的干咳。

“我沏了茶，小篠喝一点吗？要不要过来？”

阿泽也询问了阿篠。

“我就不用了。”

“过来吧，用不着那么拼命干。”

阿泽语气稍显强硬。这个离婚回娘家的女儿，自那已过半年仍是鲜少开口，一直把自己关在房间里，阿泽对此很是恼火。阿篠并非不想喝茶，只是不想和地兵卫这个相识的老人碰面。但如果一直不回应，阿泽准会到屋子里来，这也让阿篠感到麻烦，于是她站了起来。

地兵卫站在外廊前，在腰间搜寻着烟袋，一看见阿篠，便微笑着对她说："哎呀，您在啊。剪刀声没吵到您吧？"

那笑容中，带有些同情的底色。阿篠笑着摇了摇头，心里不免生出几分沮丧。地兵卫的眼中，不仅有对被赶回娘家、羞愧谨慎度日的女儿家的同情，也带有因知晓被上总屋离婚的原委而生的怜悯。

地兵卫原本是个冈引①。

他不仅做了冈引很久，更是于在职期间参与了几个轰动一时的大案。他作为一个绝技在身的冈引，让躲在江户暗处的那些家伙闻风丧胆。大约两年前，地兵卫辞去冈引的差事。目前住在深川元町，给儿子经营的花草园艺店帮帮忙。虽然年过六十，但面容仍然丰满圆润带着光泽，

---

① 江户时代为官家充当帮手，私下里协助侦查犯罪、逮捕罪犯的人。由于没有正式的官方身份，并常与市井流氓或黑社会势力有瓜葛，因此并不被主流社会完全尊重。——译者注，本书后续注释如无标注，均为译者注

表情总是如商人一般谦和亲切。地兵卫就是用这样的脸，四十年间与凶恶的犯人交锋周旋。

阿篠家 —— 三好町的木材商下田屋 —— 与地兵卫的交情深厚。以前下田屋的二掌柜，一个叫巳之藏的男人，私用了店里一大笔钱款，而且这事还外泄了出去。正当店方准备将他作为犯人采取措施时，由于某个契机，尽管有辖地之别的地兵卫仍帮忙四处奔走，使得此事得以平息。这是阿篠出生前的事。自那以后，阿篠的父亲仪左卫门开始信任地兵卫，在交易上或一些钱财的问题不好收拾的时候，就叫他过来商量，或是让他帮忙暗中处理。他们就是这样的关系。

八年前，仪左卫门离世，阿篠的兄长辰之助继承了下田屋，和地兵卫的关系一如从前。地兵卫告别冈引一职后，便以花木匠身份出入下田屋。

“地兵卫家，这回是第三个孩子了吧？”阿泽问。

“是。”

“已经快生了吧？”

“说是差不多九月末。”

“真是羡慕，我们家还不知道什么时候才能见到孙子。这位是这个样子，辰之助也是，马上就要三十，说起娶妻的事一点儿也不上心。”

“少当家的心都在生意上。”

地兵卫还是从前的习惯，称辰之助为少当家。

“才不是啊，地兵卫。辰之助是害怕成了亲就不能如意逍遥了，仅此而已。真是不孝啊。”

“娘。”

“知道了，想说牢骚都听烦了是不是？但是从父母的立场来讲，我对辰之助和你都不满意。”

“哪里的话，不用过多久准有好事。”地兵卫试图缓和说。

“不管怎么说，大小姐现在在这一带也是有着值得夸耀的美貌，而且还年轻，有很多机会可以从头再来。”

“哪里还能从头再来呀，大伯。”阿篠说。

讲这话时阿篠不经意间想起了宗次郎，那人已经娶妻了吧。

“娘，前几日我碰见个旧相识。”

“谁呀？”

“宗次郎，不知您还记不记得，以前常来我们家玩。住在我们长屋，没有母亲，父亲在我们存木材的地方帮忙。”

“啊，你说的是阿铁吧。这么说来是有个男孩，比你大三四岁。阿铁不在我们家干了，搬去石原那边了。”

“是我十岁左右的时候吧，已经有十年了啊。”

“你竟还能认得。”

“开始的时候我也没认出，但是对方记得。”

“大小姐，那个叫宗次郎的男人……”地兵卫意外地插话进来。

“是在浅草马道那边，做首饰工匠的吗？”

“嗯……这我没打听。”

“啊……身材又瘦又高，长相很周正。”

“对，仪表堂堂，是有些气度。”

哪像是被休了的女人会讲的轻浮话脱口而出，阿篠立即为自己的言语感到脸红。

“但大伯怎么认识那个人？”

地兵卫从阿篠身上移开目光，望向日影浓重的庭院，吐出一口烟。短暂的沉默过后，地兵卫用冰冷的语气说道：

“若是那男人，如今不该在江户。”

“……”

阿篠和阿泽彼此看向对方。阿泽面露怯色，直视女儿的脸。地兵卫的冷漠口吻，表明宗次郎身上曾发生什么不好的事情和他有瓜葛。

“好了，收拾下吧，多谢招待。”

地兵卫将凉了的茶一饮而尽站了起来，但又像是想起什么，转身问向阿篠。

“宗次郎有没有提起他现在住在何处？”

“没有。”

阿篠连忙摇头。

“不过是站着寒暄了片言只语。”

“这样啊。”

地兵卫愈发直勾勾地盯着阿篠的眼睛。阿篠觉得，地兵卫的那双眼睛仿佛要窥探到自己内心深处的层层褶皱，让她脊背发凉。只是站着交谈没错，但实际上聊了有一会儿。倘若那时宗次郎等的那男人没来，恐怕会聊得更久。

但本能地，阿篠感到不能再向地兵卫透露宗次郎的事。地兵卫的视线执拗地捕捉阿篠内心所动之念。地兵卫眯起双眼，几乎不眨动。那不是一个花木匠该有的，果然还是一双冈引的眼睛。

为了逃避这让人窒息的视线，阿篠说：

“但那人，也许和地兵卫所说不是同一人啊。”

“……”

地兵卫没有言语。他将视线从阿篠身上移开，微露苦笑算是回应。

虽然脸上挂着笑容，地兵卫的眼睛却没有在笑。那是猎物进入到视野中时猎人的眼神。猎物在远处，尚未察觉自己已经被锁定。阿篠从那双眼睛里，瞥见一种瞬间对目前情形做出了判断的冷峻的光。

地兵卫缓缓将烟袋收起，旋即无声步向庭院角落。

“小篠，你啊。”

阿泽边收拾茶具，边小声说。

“当心不要和那个宗次郎扯上关系。如果他是逃犯就麻烦了啊。”

阿泽那张有些黝黑，看似好胜强势的脸上，仍留有一丝忧惧。阿篠没作声站了起来，心脏怦怦跳得厉害。阿篠和母亲所虑相同。

但内心有其他不安在作祟。若真如阿泽所讲，宗次郎是逃犯，那今日和地兵卫的交谈恐怕会酿成什么无法挽回的后果，这种不安充斥阿篠的内心。阿篠无法向那个背对她走远的老人确证这不安。

阿篠想立即见到宗次郎，却不知道宗次郎的栖身之所。

二

遇见宗次郎是大约十天前，一个炎暑之日。

阿篠那时手足无措，惊吓和屈辱在身体内交替烧灼。她几近失魂，拼尽力气逃到广德寺寺内。感到婆婆阿辰随时都会追上来，她小跑穿过宽阔的庭院，又沿着正殿绕到后方。尽管内心慌乱，阿篠脑中尚能想着从后门逃走。

正当她向后门走去时，忽闻背后有人唤道："喂，那边走不通。"

阿篠闻声呆立。仔细一看后门插着门闩，漆黑的锁生着锈垂挂着。

声音的主人斜靠在正殿外廊高高的柱子旁，是一个年轻男人，身着靛蓝色夏衣，腰身整齐系着三尺带[1]。男人身材颀长，面颊瘦削，目光凌厉。阿篠感到那双注视着自己的眼睛似乎带着责备。他看起来不像是寺中之人。

男人冰冷严厉的眼神，更增添了阿篠新的胆怯。阿篠

---

① 一种长度为鲸尺三尺的单层棉布腰带，原本是工匠的手巾兼用作腰带。另注，鲸尺，为江户时代用于测量布料的尺子，鲸尺一尺约为37.88厘米。

口中小声说着“对不起”，如遭逐赶一般慌张掉转了脚步。当她试图从正殿侧面绕过时，刚刚那个声音从后面叫住了她：“等等。”

她回过头，看到男人站在正殿转角处。阿篠想要逃走。寺院里只闻蝉鸣，不见人影。然而男人并没有要靠近的样子，只在原地接着问道：

“可是大小姐？”

阿篠睁大眼睛，但并不识得男人面容。以为是对方认错人，于是含笑摇了摇头。略一欠身正要转身离开时，男人又说：

“难道不是下田屋家的大小姐吗？我是宗次郎。”

记忆渐渐苏醒，但由于那个名字从太久远的地方传来，阿篠的记忆依然是断裂的，未能即刻将名字和立于那里的男人形象连接起来。她谛视男人的脸慢慢靠近。他站在她面前时，他收敛眼里的光，露出微笑。

那笑容，让男人的轮廓渐渐清晰。

“哎呀。”阿篠轻声惊呼。

“您记起来了吗？”

宗次郎问道。他那有些阴郁的瘦削脸庞，即便是笑着，也留有一抹暗淡的神色。身上的衣物看起来被多次浸洗，显然生活困苦拮据。尽管如此，阿篠也对他放下了戒备。

“真是久违呀，都多少年没见了？”

“啊，已经超过十年了吧。少时过后，便不常相见了。”

“真是抱歉。刚刚你报上姓名，一时竟未认出。”

“那也没办法。我自己也半信半疑啊。毕竟您出落得如此漂亮，亭亭玉立。”

“真讨厌。”

阿篠不由心生欣悦。相识的男人在身边给她的安全感，暂时消释了她对阿辰的畏惧。

“你这么说，听起来像是我从前丑极了。”

“……”

宗次郎只是用眼睛笑了笑。

“而且，我已经不是未婚的姑娘了啊。”

“啊，这样啊。”

宗次郎的眼中似有波动一闪而过。他眨了眨眼，用爽朗的声音感慨道：

“这也是理所应当啊，大小姐想必早成了某个好人家的贤妻。”

阿篠摇了摇头。

“可如今我被逐回娘家，是个可怜的女人哪。”

阿篠语带几分玩笑地说道。但话一出口，心中的屈辱感真切复苏。

阿篠今日曾往婆家上总屋，并非上门探望这个半年前就离婚的家，而是在上总屋附近徘徊，结果被婆婆阿辰瞧见，让她像打架斗输的狗一样仓皇而逃。

上总屋位于广德寺门前町，销售笔墨纸张等文房用具，从寺院众多的下谷到上野一带，是一家名声响亮的老字号。夫婿房吉性格虽稍显懦弱，但对生意很上心，素无嫖赌恶习，是个可靠的人。媒人的话一点没错。两家门第相当，众人都认为这是一桩好亲事。

然而，嫁过去还未及半年，阿篠便察觉到婆婆阿辰不寻常的嫉妒心。

某晚阿篠起夜，推开拉门，撞到站在门口的阿辰。就算与阿篠目光相接，阿辰也丝毫没有慌张，只是冷笑一声，又缓步返回自己的房间。尽管只是一瞬间，但在房间内夜灯的光亮下，阿篠清楚地看到阿辰眼中的憎恶。阿篠一下子瘫倒在被子上，身体不住颤抖，许久也无法平静下来。想到与丈夫交合时急促的喘息声、喉咙里发出的低吟全被听见，比起羞耻，阿篠更感到恐怖。

这只是开始。

哪怕是在家中，一连几日也不能和丈夫私下交谈。若不小心二人单独说笑起来，远处就会传来阿辰招呼房吉的尖锐声音。不久，夜晚也变成地狱。阿辰开始将床铺搬到隔壁房间睡觉，并在深夜时不时发出干咳，故意让人知道自己还醒着。每当这种时候，房吉就会怯怯地松开与阿篠交缠在一起的腿，回到自己的被褥。但如果阿辰的房间很安静，那种安静反而更令人辗转难安。

房吉的态度极其暧昧。即便阿篠向他诉苦，他也只是说“过些时日就会好的”。与此同时，房吉总是背着阿辰，贪图阿篠的身体。起初，阿篠以为这至少是丈夫爱着自己的证明，因此她也努力回应那短暂的爱抚。房吉幼时丧父，由母亲独自抚养长大。或许也由于这个原因，他对母亲从不敢说一句忤逆顶撞的话。阿篠也对这样的丈夫心生恻隐。

然而随着这样的日子一天天累积，飘荡在上总屋檐下那股近乎疯狂的气息，开始悄悄侵蚀阿篠内心。阿篠深夜稍有声响便会被惊醒，令心脏要破裂般剧烈跳动，或当丈夫靠近时，她会因难以忍受的厌恶感而全身颤抖。

嫁过去三个月的时候，阿篠离开了上总屋。她借口说出门买东西，便再未回去。

阿篠回到三好町的娘家时，脸上消瘦凹陷，细长的眼睛突出，面色如纸一般毫无生气，令阿泽和辰之助大吃一惊。因阿篠并未言明缘由，母亲和兄长正愁如何向上总屋交代时，上总屋通过媒人捎来了离婚的消息。

自那时起已逾半年，今日她去窥探那个离了婚的家，是因为她想再见房吉一面的心情越来越强烈，以至于难以忍受。她对于上总屋儿媳妇的身份并无留恋，也无意再回去。然而出于有别上述缘由的念头，她想至少见一次房吉。从回到娘家到今天，阿篠一直在盼望房吉的到来。

虽然房吉是个没什么骨气的男人，但他也是阿篠第一次许以肌肤之亲的男人。在上总屋的记忆是悲惨的，然而躲避婆婆看管、像共犯一样相互温暖彼此身体的记忆，因其异常，反而在阿篠心中留下深刻的痕迹。

她见房吉，并非想要求他什么。阿篠只想确认一件事：房吉还爱着自己，是迫于无奈才与她分手。她希望从房吉口中听到这样的倾诉，听到这样的叹息。如果能得到如此答案，阿篠觉得自己的心也许能得到疗愈，也能够接受与上总屋的缘分不过如此。

今天，阿篠站在一处能望见上总屋的人进进出出的地方，等待房吉的身影。不料被阿辰发现。阿辰跨出店门，默不作声横穿过街道，径直走了过来。阿篠仿佛从她那张脸上看到绘草纸[①]中所画的鬼女面容。

“我真是有些疯了。”

想到因惧怕阿辰的那张脸而逃跑的自己，阿篠低声自语。但宗次郎似乎未能听见，他歪着头，一脸惊讶地说：

“像大小姐这样的人，也会有苦恼吗？”

“我们别谈这些了。话说宗次郎如今住在哪儿？”

“我……”

宗次郎正要回答，倏地神情紧张，竖起耳朵细听。正殿旁侧，有脚步声靠近。

“抱歉大小姐，我们改日再叙，等的人好像来了。”

“啊，真抱歉打扰你。”

“别叫他看见您的脸，那人不是什么正经人。”

宗次郎匆忙地小声说道，旋即转身背对阿篠。宗次郎的肩膀尖削，线条分明。

正殿的拐角，阿篠和一个男人擦肩而过。

阿篠依照宗次郎的嘱咐，低头走了过去，余光瞥见男

---

① 江户时期创作的面向妇女或儿童的带有插图的小说。——编者注

人卷起的和服下摆和露出的腿毛茂盛的小腿。

“那个女人是谁啊，大哥？”

背后传来一个粗野洪亮的声音。

“不认识，可能是来扫墓的吧。”

“嘿，真是个美人。”

“先不说这些，神田那边怎么样？”

阿篠已经不再能听见回答这个问题的声音。出了寺门，阿篠左右张望，确认没有阿辰的身影后，才混入人群。

这人为什么会在那种地方？过了车坂，行至上野山下附近时，阿篠忽觉宗次郎可疑起来。

三

宗次郎是躲藏在那里的，阿篠心生此感是与地兵卫交谈过后。果然不该在地兵卫面前提及宗次郎，她对此很是懊恼。回想起地兵卫询问男人住处时的眼神，阿篠因无法将这情况转达给宗次郎而焦躁难耐，这几乎令她呼吸困难。

但不管阿篠如何心急，她也知道宗次郎断不可能与她联系。男人那日不过是偶然出现在阿篠面前。之后便又扭转他瘦削的肩膀，回到自己的世界。追随那黑色的背影，阿篠一次又一次仔细地窥探，但那里充满难以测度的深晦，无法在她视网膜上留下任何影像。

阿篠意识到，那人或已犯下无法让他在江户容身的罪行，时至今日，仍不得在江户现身。当她回想起围绕着宗次郎的那种阴暗时，便愈觉这种猜测无可置疑。警惕的眼神、消瘦的脸颊、不发声响的笑，无不昭示这个男人如今所处的是一个怎样的世界。

阿篠不知宗次郎到底所犯何事。但无论他做了什么，阿篠都不愿看到因自己的闲谈，让毫无察觉的宗次郎某日猝然遭受手持警绳的地兵卫的袭击。这想象让阿篠无法忍受。

阿篠扔下手中缝补的衣物，站了起来，她决意去地兵卫的店里看看。

倘若前去，或许能探知地兵卫是否已像她预感的那样在追查宗次郎。即便没查到任何消息，也总好过坐在家里，被坏念头折磨得心力交瘁。

脚下的外廊地板冷冰冰的。阿篠试图平复纷乱的心绪，站在那里俯视庭院。庭院深处，狭长池塘的两侧立着黄杨、香榧和松树。午后的阳光下，针状的叶子反射着光亮。与阿篠所愿相违，地兵卫自那日工作结束后便未再露面。

后院堆放木材的地方，从刚刚便不断传来工人们单调的吆喝声，像唱歌一样。到了新货，辰之助也一直守在那里。偶尔可以听见他高声指挥工人的声音。

阿篠走出了店。二掌柜菊藏在账房，向她招呼道：“您是要外出吗？”但阿篠没有回头。阿篠厌恶菊藏。尽管已年过三十，菊藏还喜欢穿年轻人花哨的衣服，沉迷于常磐津①。两年前，菊藏的妻子过世，他成了鳏夫，还有一个儿子。虽然阿篠曾一度觉得这样的菊藏可怜，但自从她离婚回到娘家，就注意到菊藏总用一种奇怪的眼神看她，随即那同情心也便消失无存。

菊藏看向阿篠的眼神，不是中年男性习惯性地看女人的那种目光，而是时不时还透着欲望，肮脏又让人觉得可怕。她从背部到腰身被那黏稠的视线所戏弄骚扰，即便现在，阿篠仍感到不快。为了忘记这种感觉，阿篠加快了脚步。

---

① 指常磐津节，日本三味线音乐的一种。由宫古路丰后掾所创的“丰后节”派生而来，在江户极具人气，但由于许多代表作品为讲述殉情故事的私奔戏，曾被幕府以扰乱风纪为由禁止。

明亮的阳光溢满道路，但光线已失去灼烧地面的强烈。在清新而和煦的空气中，飘来树木和河水的味道，河水还隐约带有一些大海的咸腥。

阳光倾泻下来，照耀在沿路流淌的十间川水面，照耀在对岸吉永町置放木材的地方，还有那些寻常人家突出的黑色屋顶上。

在这日光下，阿篠见弥三正在烧火。

弥三是城中的清洁工人，自阿篠尚幼时，就住在现在正在烧火的富岛桥桥头的小屋。他的工作是清扫街道和在夜间巡视小巷。弥三寡言少语，爱干净，经常烧火。寒冷日子的清晨，阿篠和其他三好町的孩子们常常会过桥围聚在弥三的火堆旁取暖。

看到火堆的烟从澄澈的光线中笔直升起，此景一如从前，令阿篠无法相信时间从彼时已流逝十余年光景。然而，就像为证明这是事实，弥三身上经历的岁月，将站立在火堆旁的他黑发变白发，令背也如弓一样弯了下来。

阿篠拐过岛崎町街角，沿亥之堀河边的道路疾行，不久便到达横跨在小名木川上的新高桥。过桥便是行德街道。向左转，绕过阿部内膳正别邸曲折的围墙，通向地兵卫店铺所在的深川元町的是一条笔直的大路。

店铺门前遮阳的苇帘被拉伸至路面，还整齐摆放洒过水的一盆盆花草。店铺旁的空地上，植满各种小型的松、杉、丝柏，还有山茶花、吊钟花、梅和桃的树苗。空地上有五六人似乎在挑选树苗，店铺生意颇为兴旺。

地兵卫不在。

接待阿篠的是地兵卫的儿媳阿时。阿时常给下田屋送花，因此与阿篠相熟。阿时有一张圆脸，一双大眼睛快要突出来似的，是一个健谈的人。她双手抱着大肚子，行动稍显吃力。

“他一早出门后还没回来。您是有急事吗？”

“没有急事，只是路过这里。”

阿篠回答时，心怦怦直跳。她有种不好的预感。地兵卫不在果然和宗次郎有关吗？她想确认这一点。

“我想买几盆花。”

“真谢谢您，下田屋总是关照我们。您想要什么花？”

阿篠让包了一盆紫茉莉，询问地兵卫是否外出工作。

“不是啊，我也不太清楚，好像有些私事。近来一直如此，都是早出晚归。”

阿时双手交叉放在凸起的腹部，歪了歪头。

“真是奇怪啊。像他那么古板的人，应该不会在外面闲荡啊。”

“我和我们家那位也说过这事儿。自从老婆子死后，这么长时间他都是自己一个人，可能是找了个喝茶聊天的朋友吧。”

阿时笑了笑，露出一排大门牙。

“不过这也没什么。说是工作，其实更像是退休后打发时间，我家那位也不指望他能怎么样。不过是赚点零用钱，随他去吧。”

“地兵卫什么都没说吗？”

“他哪里会说，本来就是那样子，不怎么讲话。”

“是不是去以前的差事帮忙？”

“不是的，大小姐。”

阿时将大肚子向前挺了挺，斩钉截铁地说。

“他已经把手牌和捕棍还给了久我大人，和那边彻底断绝关系了。”

阿时说着“让大小姐您久等了”，递出了花盆，眼睛看向街道的方向，“哎呀”了一声。

“说谁谁就到，这话真不假。”

地兵卫正站在店门口，背对着阳光，看起来就像是个黑色的影子。阿篠转身望过去，地兵卫走过来招呼了声

“您来了啊”，便从阿篠面前经过，径直走向店旁的空地。

阿篠跟了过去。这是她自己都觉得不可思议的举动，但她感到此刻是询问宗次郎之事的唯一机会。地兵卫蹲下身子，正查看种植的松树苗，见阿篠靠近过来，他蹲在原地问道：

“有什么事吗，大小姐？”

地兵卫的脸上虽然微微带笑，声音却是冷淡的。

“这树苗真不少啊。”

阿篠随口说着，地兵卫没做回应，她察觉地兵卫是在静静等待自己继续说下去，便如同受人驱使般不由自主地问道：

“您是在找宗次郎吗？”

“不好讲啊。”

地兵卫侧了下头，看向阿篠。脸上不见了微笑，眼神也变得冰冷疏远。

“那人是捎了什么话给小姐？”

“没。”

阿篠使劲儿摇了摇头。

“怎么可能，只是偶然撞见罢了。”

“……”

“那人，到底做了什么？”

“这种事，小姐您还是不知道为好。”

“我想知道。”

阿篠语气强烈，让自己也吃了一惊。地兵卫移开视线。他抱着膝盖蹲在那里，看起来就像是一个年迈的匠人。

“三年前，在下谷山伏町，有个叫阿雪的女人被人杀害。她是一户人家的小妾，但年纪尚轻。杀她的凶手，就是宗次郎。”

像是什么重物钝击阿篠胸口，冲力让她喘不过气，她勉强张口问道：

“确定是宗次郎杀的吗？”

“这家伙是阿雪的情夫。”

地兵卫霍地起身。他的声音虽然平静，但其中几乎是憎恨的情绪让阿篠感到惧怕。地兵卫的眼底闪着寒光，注视着阿篠。

“我调查过，除了他没有其他人有嫌疑。不过让他成功逃走了。那家伙很危险，最好离他远点，大小姐。”

提着花盆，心中怅然的阿篠回到三好町。出门时紧绷的情绪不可思议地松懈下来。地兵卫正在追捕宗次郎，这已毋庸置疑，但原本急于想把这个消息通知给宗次郎的焦躁消失了。取而代之的是一种淡淡的悲伤，沉淀在她的心底。

“变成这么漂亮的姑娘了…… 一时没认出来。”说这话时，无声笑着的宗次郎的脸，就像是在昨日一般清晰地浮现在她的眼前。那真的是杀人犯的脸吗？那确确实实是一个杀人犯的脸。

阿篠的心支离破碎，感到疲倦不堪。

阿篠从小路绕至厨房后门，她不想遭遇菊藏那令人厌烦的视线。在她正要推开门时，背后一个男人沙哑的声音叫住了她。

“喂，那位姐儿。”

男人从路对面堆放木材的地方站了起来。成堆的圆木不留间隙地横放在那里，除了这男人再无其他人影。带着红晕的日光，斜射在木材上，将树的肌理也染上了颜色。

这位向她走近的男人五十岁上下，身材略胖，圆脸小个子，未经打理的胡子稀稀落落。阿篠对他那张因嗜酒而泛红的圆脸毫无印象，但她的目光却被他身上印着波纹和千鸟图案、下摆卷起的和服，以及露在外面那汗毛浓密的小腿吸引。这正是宗次郎所说的那个“不是正经人”的男人。

“嘿，别跑，我不是什么坏人，我是宗次郎的兄弟。”

男人看到阿篠本能地要开门躲起来，急忙拦住她。

“我叫雁六，和宗次郎是一伙的。你是阿篠吧？我给你带了个口信。”

阿篠转过身看向那男人。感觉就像是在远处的漆黑中看到一盏发出信号的小灯。她并不感到恐惧，反而心中有些低落。事到如今宗次郎想要和她说些什么呢？既然已经知道他是个杀人犯，那是否应该把那件事告知？

“对，跑什么呀。不过姐儿你真漂亮啊。嘿，这位漂亮姐儿，我们是不是在哪儿见过？嗯……”

“快告诉我你带来的口信。”

“嘿，好咧。口信是今晚八时到三之桥来，大哥是这么说的，好像有什么事要好好与你谈谈。嘿嘿。”

“……”

“姐儿你怎么打算？”

“那人真的杀人了吗？”

雁六的表情骤然变得狰狞。他退后一步，从下往上打量阿篠，压低嘶哑的声音说：

“你听谁说的？”

“谁说的不重要。”

阿篠敷衍地回应。

“我不想见杀人犯，不管他有什么理由。请你转告那个人。”

“你说的不对。”

雁六这次反而更向前迈了一步，几乎是耳语地小声说。

“哪里不对？”

“大哥可没杀人。”

“……”

阿篠瞪大眼睛，狐疑似的紧盯他那张满是胡子的脸。

“那是被冤枉的，真的。我告诉你为什么，因为那女人被杀的晚上，大哥整晚都和我们一起在耍这个。”

雁六比画着摇骰子的动作。

“那为什么……”阿篠喊道。

“为什么不上报官府真相？”

“嘘！别那么大声。你真是天真啊，姐儿。”

雁六有些怜惜地看着阿篠。

“官府会相信我们说的话吗，嗯？再说了，就算脸皮厚，你觉得我们敢说是在一起赌博吗……”

阿篠没有再细听雁六接下来的话。她感到一种从心底涌上来的喜悦。地兵卫的告诫之言，几乎从她的记忆中被剔除得一干二净。

她快速低声说道：“我明白了，请转告他我一定会去。”

“好咧。”

“不过，他现在在哪？”

“这个即使是姐儿你，我也不能讲啊。毕竟大哥现在正被追捕。”

雁六轻描淡写地说，但阿篠感到脸上正渐渐失去血色。

“他四处逃窜，到底在干什么？为什么不离开江户？”

“大哥有要事在身，我也在帮点小忙。”

雁六咧嘴一笑，阿篠在他的胡髯之下，瞥见一张亲切和善的脸。

“……”

“大哥在寻人，就是真正杀死那女人的家伙。叫阿雪的那女人以前是个扒手，周围有不少混混。”

“这太危险了。”

阿篠想起地兵卫那冷酷的目光，不禁感到一阵寒意，小声说道。

“记住了吗？”

阿篠走进小门，雁六提高嗓门，用沙哑的声音对着她的背影喊道：“三之桥，晚八时。还有，这事对谁都不能说。明白了吗？”

四

弯月如一只狭长的眼，半开半合地悬于江户南部的夜空。其微弱的光浮在脚下，让阿篠在不熟悉的夜路上不时踉跄。

将至桥面时，阿篠自头巾里睁大眼睛，寻找宗次郎的身影，但未见任何人。身后有两名男子经过，大概是觉得站在那里的阿篠有些可疑，遂用灯笼照了照她，打量一番便走了过去。四周又重归寂静。

时间已过晚八时。为避家人察觉偷偷溜出来花费了些工夫，阿篠途经河畔，恰闻八时的钟声敲响。就在她因迟到而有些担心的时候，听到脚步声渐近。

“大小姐。”

宗次郎在她耳边轻轻说道。

“请随我来。”

阿篠回过头，看到那瘦削的肩膀正没入黑暗。宗次郎在三之桥的桥头右转，循土堤而下，钻至桥下方。那里系着一艘小船。他敏捷地跳上船，旋即伸手将阿篠抱到船上。

“抱歉，深夜将您邀至这种地方。可觉得冷？”

宗次郎说道。

阿篠摘下头巾，默默摇了摇头。方才被男人抱入怀中的那个瞬间，阿篠感受到宗次郎的体温，这让她一时失语。尽管对于自己是否介入过深隐隐不安，但与之相比，再见宗次郎的宽慰更为强烈。恰似终于找到久别无音信的薄情恋人，心中既焦灼又甜蜜。“这人让我这般忧心。”阿篠心想。

“今晚请您至此，实则有一事相询。”

“嗯？”

宗次郎严肃的口吻将阿篠拉回现实。

“我们在广德寺相见的事，您是否曾与他人提及？”

“……”

“请您仔细想想，您必是曾与谁说起。实不相瞒，由于某些原因，知晓我身在江户者只有寥寥数人。不过近来，我总感到有不认识的人也在寻找我的行踪。”

“我说，都会告诉你。是，我的确向某人提过。”

“那人是何人？”

“在那之前，你先告诉我。”

阿篠抬起眼，在朦胧的夜色中寻找宗次郎的眼睛。

“是你杀了那个叫阿雪的女人吗？还是你被冤枉了？请实言相告，勿要隐瞒。”

宗次郎陷入了沉默。沉默的漫长，令阿篠感到不安。

“怎么了？”

“您已经知道这么多。”

宗次郎的声音干涩。

“您是从谁那里听说？”

“地兵卫。你知道的吧，他说他差一点儿就能抓住你。”

宗次郎的身体渐趋僵硬。片刻过后，他低声说道：

“那人是今户的冈引吧。原来是这样，是这个家伙。”

“对不起，宗次郎。我不知道你是这种境况，况且地兵卫已经不是冈引，如今是花木匠，常在我家帮忙。那天和母亲喝茶聊天时，说到了你，不巧被他听见。”

“我明白了，大小姐。您不必为此道歉。不过……”

宗次郎咂了下舌。

“早点察觉就好了。现在总算明白了。”

“那到底是怎么回事？”阿篠说道。

“我问你的事，你还没有回答我。”

“有没有杀人吗？”

宗次郎语气干脆。

“我怎么会杀人。如果我是杀人犯，当初在广德寺看到大小姐时，就不会与您打招呼。”

“谢谢你，宗次郎。”

阿篠不由得去握宗次郎的手，又慌忙地把手缩回。她相信了宗次郎的话。

“雁六也说你是被冤枉的，但直到你亲口告诉我之前，我还是半信半疑。对不起，我竟然怀疑你。得知你不是杀人犯，我真的很高兴。”

“雁六啊，那家伙真多嘴。”

“别那样讲。在他告诉我之前，我一直很沮丧。因为让地兵卫知道了你的事，我担心得坐也不是站也不是，而在这时听说你杀了人，心下大失所望，感觉像遭到背叛。”

“抱歉，让大小姐平添如此忧虑。”

“哎呀，你不需要道歉，是我不好。”

阿篠急忙说道，她感到双颊发烫。尽管话题令人伤感，阿篠内心却有着些微的欢喜。她感到宗次郎的心在向她靠近。

“您是从地兵卫那里听说我的事？”

宗次郎忽而问道。阿篠喜悦的心仿佛被浇了一盆冷水，她几乎忘记了那个人。

“他认为人是你杀的。”

“他还说了什么吗？”

“他说不会有错，没有其他可疑的人。”

“他是这么说的吗？”

宗次郎有些疑惑地问道。他紧紧缩起身体，一动不动。

尽管没有风，竖川的岸边不断传来低语般的水声。眼睛适应了朦胧的夜色，阿篠看到幽暗的水面上星光闪闪，犹如碎银。细若丝线的月亮从此处不可见。右岸远处有一点一点红色的灯光。那是透过菊川町的屋舍间隙，所望到的岗哨高挂的灯笼。

“阿雪是个怎样的人？”

阿篠出人意料地询问道。地兵卫曾说宗次郎是那女人的情夫。宗次郎深爱过那个人吧。这就是他仍在寻找真凶的缘由。

“阿雪……吗？”

“那女人喜欢你，是吧？”

阿篠又问。

“她是个可怜的女人，但也仅仅是可怜而已。”

宗次郎依旧紧缩着身体，低声喃喃说道。

五

三年前，宗次郎是做金属首饰的工匠，手艺还不错。他在浅草北马道的尽头拥有一间工坊，独自一人经营生意。

在此之前，他不务正业，日子过得浑浑噩噩，从寄宿的田原町的师傅家出走，结交了一些当地的狐朋狗友，还常出入赌场。其父铁吉做些木工零活儿，因中风卧床不起。那之后，宗次郎毅然与无赖般的生活划清界限。当时他也对那种放荡生活感到了厌倦。宗次郎努力精进手艺，成为一名独立的工匠，从田原町搬到了浅草，赡养照顾他的父亲。

某天，他遇见一个女人，这人名叫阿雪，年方十八，是别人家的小妾。阿雪在看戏回家的路上，偶经宗次郎的首饰店，向他订了一只簪子。这是他们相识的开始。后来宗次郎去山伏町的长屋①送簪子。自那时起，阿雪便成了让他再难忘怀的女人。

阿雪独自住在那间长屋，没有父母，也没有兄弟姐妹，孤苦伶仃。阿雪的丈夫只有晚上才会过来，宗次郎避开他偷偷和阿雪幽会。尽管宗次郎耍过骰子，但没什么和女人打交道的经验。对宗次郎来说，阿雪是他的第一个女人。在如此甜美的过程中，宗次郎感到自己已经无法回头。

与阿雪肌肤相亲后，宗次郎曾多次逼迫阿雪，让她与那男人分手。但不知为何，每次讲起这事，阿雪总是固执地拒绝回应。一旦被追问不休，她便只说现在这样就好。宗次郎一气之下，曾对阿雪动过手，夺门离去。每次他都决心不再与她相见。他不再相信对阿雪的爱，心中骂她不过是个荡妇。但只过两天，阿雪光滑的肌肤就又吸

---

① 日本集合住宅的建筑形式，是一种共用墙壁的联排房屋。

引宗次郎奔向山伏町。

这样的日子持续了半年左右，某天阿雪乍地轻语一句：

“今晚，我会和他说。”

“……”

“我会和他分手，然后和你在一起。”

“你决定了？”

宗次郎狂喜。他们的相会总是匆匆忙忙，只是短暂的肌肤相亲，一时情欲烈火的结合。这次也是，阿雪迅速整理好仪容，对着镜子，试图从脸上抹去情事的痕迹。

宗次郎伸手将她拉过来，阿雪低声嗔怪：“头发又会弄乱了。”但她停下抗拒的手，依靠在宗次郎的胸前，发出一声深深的叹息，闭上了眼睛。

宗次郎紧紧地抱住她柔软而沉实的身体，急切地吸吻着她的嘴唇。

“你的那个丈夫到底是什么人？”

“我们不是说好不问吗？”

阿雪蓦地睁开紧闭的眼睛说道。她的睫毛颤动，刚刚还红润的脸霎时变得惨白。阿雪的身体也变得僵硬，她从宗次郎的怀抱中抽离，看向关紧的拉门。阿雪脸上带着明显的惊恐，这让宗次郎很是在意。至今为止，不是没见过阿雪这副表情，但他以为那只是一个女人瞒着丈夫与男人偷情时的忐忑。

但这次，宗次郎开始担心起来，是因为他强烈地感受到，阿雪陷入一种有别于往常的恐惧。宗次郎第一次关注到阿雪背后那个男人的影子。那个男人的年龄、身高、身份都不明，他只是个影子。这是由于阿雪从未透露过半分。但现在，那个影子真切存在的实感，压迫着宗次郎。

“喂，要不然我去跟你那个丈夫谈谈，如果你害怕的话。”

“不行！”

阿雪转过头，几乎是大喊地说道。她脸上的扭曲，显然还是因为恐惧。阿雪在害怕着什么，但如果害怕的对象就是她丈夫的话，那阿雪如此畏惧就太异常了。

“真是个奇怪的女人。”宗次郎心想，“又没有被发现……”

“没事的。”

阿雪蹭到他跟前，猛地扑倒在宗次郎怀里。

“再紧紧抱我一次。没事的，你不用担心。今晚那人来了，我会和他有个了结，然后成为你的妻子。”

阿雪情绪的波动总是敏感地反映在皮肤上。她的脸上泛着桃色，眼眶也通红。似是哭过后的湿润黑眸，自下方看向宗次郎。

“哪怕是一天，我也不想再和你分开。明天中午过后来吧，一切都会顺利的。”

然而，那是宗次郎最后一次看到那张惹人怜爱、双颊泛红的脸。次日午后二时左右，宗次郎来到长屋，从长屋入口挤满的人群背后听说，当天早上发现了阿雪的尸体。

“事情就是这样，不久后我就逃离了江户。”

“宗次郎……”

阿篠有些难以启齿。

“和那个女人相会的事被发现了。”

“应该是这样。尽管我很小心，但还是有两三次被长屋里的住户正面撞见。今户的那个叫地兵卫的冈引找上门来，是三天后的夜里，真是个难缠的对手，能逃脱完全是运气好。”

“那这次回来是？”

“我想知道是谁杀了那女人。甚至想真正的凶手是不是已经被擒拿归案。”

“但并不是你想的那样。”

“我仍然被认定为凶手。于是我让过去的兄弟帮忙，暗中调查。因为我心里有些猜测。”

“哦？”

“那晚她提出了分手，所以她的丈夫杀了她。这点不会错，因为她当时极度恐惧。那男人就如同一个黑色的影子。我多次询问他的身份，但那女人不肯透漏一个字。要是再三追问，她就会表现出恐惧或愤怒。您不觉得蹊跷吗？”

“……”

“她的恐惧不像是因为与其他男人偷情的提心吊胆。您不觉得，阿雪是打心底对那位被称作丈夫的男人感到害怕吗？可能出于某些原因，那个男人掌握着她的生死。她根本不应该提出分手。”

“真可怕。”

“仔细想想，就像是我间接害死了她。如果我们没相识，就什么事也不会发生。如果没提出分手，至少她不会被杀害。真是可怜的女人。”

宗次郎的悲叹直抵阿篠内心。提出分手的时候，阿雪恐怕已经赌上了自己的性命。

“所以说如果阿雪的丈夫，那家伙果真将阿雪的命，像鸡蛋一样握在掌心的话，这便与阿雪和我相识之前的生活有关。根据这样的猜测，我四处调查。让兄弟们去长屋那边打听，我自己则调查了阿雪来山伏町之前的情况。结果发现了些怪事。尽管我那么多次地将那女人拥在怀中……”

宗次郎叹了口气。

“但我对她真的一无所知。”

“你说的怪事，是指阿雪曾经是扒手吗？”

“啊，您已经听说了吗？是，她原本是个小有名气的扒手，是个弃儿，被神田银町一个叫兼藏的扒手头目收养。告诉我这些的是个叫花安的扒手。他说五年前阿雪一下子从同伴面前消失了。大家猜测她要么是死了，要么成了某个正经人家的妻子。”

“阿雪的丈夫，是不是那个头目兼藏？”

“我也这么想过，但并不是。兼藏在阿雪消失的两年前，就因衰老亡故。接班人叫时藏，不过才三十出头，看来也不是他。”

“山伏町那边有线索吗？”

“那边的调查进展缓慢。那男人极为谨慎，尽管包养阿雪近两年，但在这段时间从未让长屋的人看到过他的脸。最多只见过他的背影，或者听到过他的咳嗽声。据说他个子不高，一副宽肩，五十岁上下。探到的消息只有这些。还听说那男人的步子总是很快。”

这就是宗次郎所说的，如影子般杀手的轮廓。杀手没有面孔。阿篠仿佛真切地看到，那个只展露黑漆漆的背影，疾步走远的男人的形象，她不由得感到害怕，将膝盖靠向宗次郎。船身轻轻地晃动了一下。

“接下来你怎么打算？”

“银町那边，尚有三个帮派里的重要人物没调查清楚。另外，山伏町那边我也打算重新调查。虽说他是夜里来，夜里走，但整整有两年时间啊。总该有人见过他的脸。”

“但你现在正被追捕，这太危险。”

阿篠说，又马上垂头丧气起来，小声说着。

“都是我的错。如果那时我没提到你，就什么事儿也不会有。”

“请别放在心上，大小姐。”

宗次郎反倒以安慰的语气说道。

“没什么区别，不管怎么样都是要东躲西藏。”

猝然间，两人头顶上方的桥，发出巨大的嘎吱声。像是整座三之桥在黑暗中隆隆作响。阿篠一下子紧靠在宗次郎胸口。宗次郎的手沉着地搂住阿篠的肩膀。

“是地震，小地震。”

桥又吱吱呀呀响了一会儿，地震过去后，周遭恢复了如海底般的静寂。这静寂之中，阿篠感到体内脉搏急促地跳动，她不禁羞涩起来，低头把脸埋在宗次郎的怀里。男人的胸膛温暖让人心安。宗次郎一言不发，就那样抱着阿篠的肩膀，这种安适唤起阿篠遥远的记忆。小时候阿篠有次吓得大哭，宗次郎也曾像现在这样保护她，把她抱在怀中。

阿篠从宗次郎的怀抱蓦地挣脱，口不择言地说道：

“你是发自内心爱着阿雪姑娘啊。”

她的声音几乎满是嫉妒。

黑暗中，宗次郎的表情难以辨认。他似乎有些困惑地微微动了动身体。船随之轻轻摇晃，像是早在等待这一刻，船底发出细小的水声。

“追查那男人，不单单是由于这个缘故。因为我的逃跑，不久我父亲也横死街头。”

“对不起。”

阿篠探向男人的手，用双手握住，向他道歉。

“我说了些无聊的话。但听你谈起阿雪，愈发清楚你对阿雪的真情，这让我心中不免感到孤单。也许我有些羡慕她，我从未被男人那样深爱过。”

离别的时刻已到。阿篠将内心所想一吐为快，同时感到这些话并没有触动宗次郎的心。

“拜托你，快逃走，就趁今晚。地兵卫是个可怕的人，我不想看到你被抓。请逃走吧。”

阿篠说这话时，心头感到一阵如秋风吹过般的寂寥。

六

阿篠离开家时，已过午后四时。像是人工调色的碧蓝，蔓延到天空的每一个角落。空中斜挂的夕阳无精打采地泛着火红的光，而路边的野草开始显露枯黄，水的颜色也呈现淡淡的秋意。

习惯性地，阿篠望向对岸吉永町的河边，却不见弥三的身影。阿篠不禁愁眉紧锁，放慢了脚步。她出来是打算再去地兵卫的店探探消息，但心里却有些犹豫。

自从在三之桥与宗次郎相见，至今已过近一个月光景。那之后，宗次郎和那个叫雁六的男人都再无消息传来。一度连接的线似乎这次彻底断裂。这种杳无音信的状况，让阿篠心中充满不安。

她不认为宗次郎已经离开江户。尽管阿篠几乎是恳求地劝他这么做，但宗次郎始终没有明确表态。他会不会已经被捕？这样的想象让阿篠的心像被火烧一样猛烈地灼痛。如果真是如此，那么雁六应该会有所通知。

然而，转念一想，和宗次郎的关系也许在三之桥的那晚已经结束。那个男人很有可能是这样认为。这种念头让阿篠感到痛苦，她仍无法从心中驱散对宗次郎安危的牵挂。

重新下定决心后，阿篠加快了脚步。

地兵卫仍然手握连接宗次郎丝线的一端。尽管靠近他是危险的，但茫然不安地度日让阿篠无法忍受。

一个男人的声音喊了她的名字。阿篠止步，抬起了头。

“是我。”

房吉在桥上对她笑着。

他从连接岛崎町和临近街区的桥栏后站了起来，向阿篠走近。房吉说：

“这里有些显眼，我们往前走一走吧。”

“找我有什么事？”

阿篠向后退了一步，与房吉保持不远不近的距离。尽管这举动是对男人的戒备，但阿篠并未觉得有不妥。她对男人那种立刻就贴过来似的亲昵语气感到反感。

“如果有事，就在这里说吧。”

“也没什么事，不过你……”

房吉停在原地，眼中透着困惑。但很快，那目光就变得毫无顾忌，沿着阿篠身体的轮廓上下打量。

“听说前些天……”

房吉不易晒黑的白皙的脸，此刻浮现一抹自信的笑容。

“你来过我们家。母亲是这么说的。”

“所以呢？”

火辣辣的屈辱感直冲头顶，阿篠极其冷淡地回应了房吉的笑容。

“想着你自那以后过得怎么样，所以就来看看。”

“真是好心。如果我每天以泪洗面，你是打算恢复我妻子的身份吗？”

“那我做不到，你……”

房吉狼狈地眨了眨眼睛。

“你怎么突然讲话这样尖酸刻薄。”

“哦，尖酸刻薄吗？”

“是。你也知道母亲是什么样的人。我只是……”

“只是怎么了？”

“我来只是想说，如果你愿意，我们可以偶尔在外面见见面。”

“我不愿意！”

阿篠大喊道。屈辱感瞬间淹没了她。她为男人的无耻企图感到难堪，也为自己被如此轻视而羞愧，而更让她羞愧的，是自己的举动让男人产生了这种想法。

街上没有行人，唯有安静的阳光洒在路面上。即便如此，房吉依然一脸担心的神色四处张望。

“别这么大声。”

房吉压低声音说。

“但你不是喜欢我吗？”

“住口！”

“因为喜欢我，所以才去家里偷看。对吧？”

“拜托你别说了。”

阿篠充满憎恶地低声说道。羞耻感已渗透全身，无处发泄，逐渐化为怨恨。

“房吉。”

对于这个半年前与她有过肌肤之亲的男人，阿篠如此称呼时有些犹豫。但一旦开口，眼前这个男人就顿时变得遥远，成了一个陌生人。

“你不用再挂念我。我们已经没有关系……况且……”

阿篠说道，像是决心要彻底撕下面前男人的厚脸皮。

“虽然是被夫家休掉的女人，也已经有人决定要娶我。”

“……”

阿篠看到房吉那歌舞伎演员般白皙的脸，变得歪斜扭曲，惨白的额头上渗出汗珠，在阳光下反射着光。阿篠没有移开视线直视那张脸，心中有种残忍的快感。

“所以很抱歉，请你不要再在这附近闲逛。若是传出什么奇怪的谣言，对那人也不好。”

“那男人是什么人？”

房吉强作镇定，挤出一个僵硬的微笑。看到他踉踉跄跄站不稳的样子，阿篠则像要给他最后一击似的说道：

“这与你无关。但那人是从心底喜欢我，至于什么母亲和世人的看法，他根本不在乎。”

说这话时，阿篠有种强烈的错觉，仿佛宗次郎就是那个男人。宗次郎绝不会讲出这样的话，但这个错觉让阿篠沉迷。

“他身材瘦高，有些不修边幅，但他对我一心一意。”

“我也喜欢你啊。”

房吉蓦地抓住阿篠的手。

“我无法忘记你，有些日子几乎要发疯。今天也是实在无法忍受才这样来见你，可你却这样残忍。”

“是吗？”

阿篠灵巧地从房吉手中抽回自己的手，冷淡回应。过去她曾无比渴望听到房吉这样的表白，但不知为何，此时她只觉一阵厌恶感在皮肤上蔓延蹿动。

“那不如现在就带我回家吧。”

“……”

“我不介意，毕竟我们曾经也是夫妻。”

房吉垂下了头，抬手擦去额头上的汗珠，心虚地频频眨眼看着阿篠。

“做不到吗？”

阿篠同情似的说道。她的怨恨逐渐平息，只留下冷寂心绪。一时的激动消退后，阿篠感到自己仍是孤身一人。

“我们最好不要再见。”

阿篠转身背对房吉，又向三好町方向继续走去。身后，她感到男人一直目送她站在那里。

这是和房吉的最后一面吧，阿篠心想。与房吉的关系，原本也不过如此。

阿篠不由得嫉妒起阿雪来，嫉妒她爱宗次郎至死不渝、始终如一。阿雪曾是个扒手，当她爱上宗次郎时，她是别人的小妾。他们的恋情是在阳光照不到的暗处，躲避世人的目光。但正是这份爱，在黑暗中孕育闪耀的光芒。和这炫目的光芒相比，与房吉之间，曾以为是“爱”的东西，显得如此可疑而污秽，充满虚伪和粉饰。

阿篠转过三好町的街角时，回头看了一眼，沿河的路上只有愈渐浓烈的阳光，已经不见了房吉的身影。

七

“地兵卫说有事找你。”

辰之助站在外廊，一脸不悦地说道。

“关于之前那事儿，他说有话想问。你没有牵扯进什么麻烦吧？”

“当然没有。”

“那怎么一个冈引会找你？一个被休的女人，已经被邻里指指点点败坏了名声，现在又和冈引扯上关系。你最近是不是有事瞒着我？”

“这不关哥哥的事，我这就去见他。”

“等等，坐下。”

辰之助按住正要站起来的阿篠，把他那肥硕的身体挪进房间，盘腿坐了下来。辰之助的脸盘浑圆，肩膀也是肥厚，坐下来的样子像是个相扑力士。

“不关我的事？怎么可能不关我的事。爹死后，我就是下田屋的主人，不允许你对我有任何隐瞒。”

“我没有事瞒着你啊。”

“这就奇怪了。母亲和我说，几天前你夜里出去，很迟才回家。到底去哪儿闲逛了？”

“去了菊川町阿浜家，向母亲说起过啊。”

“嗯。算了。有件事……”

辰之助移开原本一直紧盯阿篠的视线，仰头望向顶棚。

“有人来说亲。母亲和你讲过了吗？”

“没。”

“对方条件不太好。母亲也觉得难以开口吧。是继室的提亲。”

“……”

“你呀，总是马上就摆出一副臭脸。哪怕只有三个月，你也是被休的女人，也就是说已经有了瑕疵。不会有好人家的少爷愿意娶你。”

辰之助从怀里掏出手帕，不停擦拭自己肥硕的脖颈。他爱出汗，总是汗涔涔的。

“哥哥，这事先放一放吧。改天再说。我要走了，不好让地兵卫等着。”

“哎呀，让那冈引等等又何妨。比起他，接着说继室的事，对方其实是加州屋的老板。龟泽町的。”

“我不愿意。”

“先听我说。你也知道，加州屋的老板，十年前妻子早逝。原本因为孩子已经长大，也没打算再娶，但考虑到年纪，开始担心起老了之后无依无靠。前几日在朋友聚会上，说起如果你愿意的话……”

加州屋是龟泽町一家贩卖木材的老字号，生意昌隆。店主藤右卫门虽精明能干，但年已五十又肥头大耳。长子应该比阿篠还大几岁。

“这真是恶心透了。”

“看来是没有什么商量的余地啊。但恐怕你也不能一直这样下去。对了，并非我亲耳听得，是母亲从女佣们那儿探到的，据说菊藏对你有意思。菊藏也是丧妻，也有孩子，不过孩子还小，况且你们年龄也相配。”

“哥哥，求你别再说了。”

阿篠打了个寒战脱口而出，那寒意也来自她明白了自己在家中的处境。

“我知道哥哥你的想法。随便哪里都可以，你只是想尽快摆脱我这个被休的麻烦女人。”

“说什么傻话，我是为你好。”

“你说谎！”

阿篠喊道。她内心充满想哭的烦躁。地兵卫找她究竟是何事？她有种不好的预感。一定是宗次郎被捕了。那老人像个沉稳干练的猎人一样，宗次郎不可能从他手里逃脱。她曾那么急切地劝告他尽早逃走。

“因为有个被休了的女人一直在家里，也妨碍哥哥你娶妻，是吧？不管是你还是母亲，就只考虑这个。”

“真是让人吃惊，竟说出这样不讲道理的话。看来被休的女人果然会变得乖张偏激，以前你可不是这样。”

“别再说我是被休的女人。”

阿篠瞪向辰之助。

“菊藏那边，我完全没有那种意思，请哥哥你明确告诉他。那人让人觉得讨厌。几天前他还跑到这个房间，说是衣样到了。那种东西让阿广送来不就行了。”

“什么，菊藏来过这里？真是不像话！”

辰之助高高地将自己滚圆的手臂交叉在胸前，皱起了眉头。

“来了立刻走还好，还坐下来聊起了家常。”

“这男人还真可疑。好，我会严肃警告。真是个放肆的家伙，还敢提亲，简直岂有此理。”

辰之助离开房间后，阿篠照了照镜子。镜中映出因和哥哥争执而上挑的眼角和涨红的双颊。她在唇上抹了点胭脂，心情仿佛陷入一种不断深重的烦闷和愁苦。四周哪里都没有希望的影子。

地兵卫独自一人坐在店门口的台阶上，头发花白，背影显得格外瘦小。

似乎是察觉到背后的阿篠，地兵卫急忙站起来迎接。阿篠顾虑账房那边的菊藏，便提议道：

“我们到外面吧。”

地兵卫点了点头，率先走出了店门。菊藏的视线又是紧盯着阿篠不放，阿篠没有理会。

在店铺一角，一堆立放着的木材前，地兵卫点燃了烟杆。时间接近晚六时，但外面依旧明亮。

“抱歉啊，大小姐。”

地兵卫向走近的阿篠露出惯常的温和微笑。

“对不起让你久等，方才有些事儿和哥哥相谈。”

“哪里的话，等这么一会儿无须介怀。”

“那之后还一直在找宗次郎吗？”

“嗯，这个嘛。”

地兵卫吐出一口烟，直视阿篠。看来宗次郎还没有被抓住，阿篠心想。

“想问一下，听说大小姐您前阵子见过宗次郎？”

“你说的前阵子是？”

“您可别想搪塞过去。”

地兵卫罕见地显得有些焦躁，他将烟杆在掌心敲了敲，抖落了火星。

“雁六那小混混被我抓住了，从他嘴里套出不少情况。大小姐您也应该认识那个男人。”

那个大胡子！阿篠在心中咒骂。同时想那男人究竟说了什么。心中的担忧使她顿时呼吸急促，仿佛贫血发作的前兆似的，脸颊感到一阵冰冷。

“这种人，只要敲打他，无论多少灰尘都会抖出来。他收了宗次郎的钱，在调查一些奇怪的事。好像是个扒手的帮派头目，神田银町一个叫时藏的男人。雁六就在时藏周围打探消息，完全像是个官府的密探。”

地兵卫苦笑，但随即收起笑容，直视阿篠的眼睛。

“那么，能告诉我宗次郎藏在哪儿吗？”

“我不知道。”

“之前大小姐也是这么说。”

地兵卫紧盯阿篠的眼睛。虽然用词客气，但他的目光中却带着毫不留情的冷酷。阿篠感到，眼前黑魆魆矗立的，不是深川元町花草店的退休老人，而是今户的冈引地兵卫。

“但是这次可行不通。有人说大小姐和宗次郎见了面，还聊到很晚。雁六当时像狗一样在旁盯梢，他可说你们聊了很久。既然都那么亲密，不可能不知道他的藏身之处。”

“他真的没有说。”

“如果包庇那男人，日后您会有麻烦。”

“我没有说谎，地兵卫。他没说，我也没问。”

“那你们聊了那么久，聊了什么？”

“我劝他逃离江户。或许他现在已经不在江户了。”

“大小姐的一番苦心相劝，看来终是无用啊。宗次郎人还在江户。”

阿篠低下了头，她不想让地兵卫看到，自己从心底不禁涌起的欣喜。

“你去问雁六吧。”

“如何逼问他都不肯说。我以为他是在故意隐瞒，但并非如此，宗次郎也没有告诉他。这家伙倒是很谨慎。”

地兵卫的目光陡然移转，望向天空。太阳西斜，在家家户户的墙壁上鲜明地划分出橙黄色的明亮部分和灰暗的阴影部分，天空中依旧洒满灼灼光辉。

地兵卫重整思绪，定了定神说道：

“看起来大小姐您不知道是实情。好吧，那就算了。打扰了。”

“……”

“不过，如果您下次再见到那家伙，请帮忙转告，就说地兵卫说一定会找到他。”

地兵卫笑了笑，但那笑容里透着一丝疲惫的阴影。

“还有，如果大小姐是爱上了那个杀人犯，那就另当别论。不然，就不要再继续包庇，会损害下田屋的声誉。”

地兵卫用平静的语气威胁道，接着转过身背对阿篠。

他那远去的背影，微微弓起，看起来就像是个普通的白发老人。

阿篠深深叹了口气。如释重负的内心很快涌入新的不安。宗次郎还在继续寻找杀害阿雪的凶手。阿篠感到地兵卫在悄然逼近，而此刻已经就在宗次郎身后。

八

听到夜晚十时的钟声响起，阿篠收起了正缝补的衣物，将灯笼移到墙边。

她头脑清醒，全然没有睡意，但不能总是一个人熬到很晚。店里的嘈杂早已安静下来。刚刚还能听见隔着一条走廊的茶室里，母亲和女仆阿广的交谈，但不知何时已经没了声音，家中变得一片寂静。

阿篠正准备换上睡衣，双手不由得探向胸前按住乳房。曾经被男人的手掌摩挲过的乳房，现在不再有滚烫的时候，只是孤独地隆起。乳房仍饱满挺拔，但阿篠已不抱有任何欲望。想到宗次郎，她仍然有些许悸动，但又觉得，或许与他再无相见之日。

自地兵卫那日来，又过去大约半个月。此后，不管是地兵卫，还是宗次郎，都杳无音信。也许宗次郎这次真的逃离了江户。这样更好。尽管这样的念头令她痛苦，但比起想到宗次郎正在被追捕的担忧，至少还有一丝慰藉。

秋已过半。只身着睡衣，开始感到有些寒凉。

就在她刚躺下不久，听到防雨木板发出声响。阿篠在黑暗中睁开眼睛，试图确认那声音。起初她以为是风吹动了木板，但很快她意识到那是微小而有规律、从外面敲击的声音。当她意识到这一点时，一种确凿的预感似一道光般闪过她的脑海。

她起身走到走廊，贴着木板低声说道：

“我这就开门。”

推开木板，外面影影绰绰。黑暗中，肩膀瘦削的宗次郎修长的身形，如同剪影般立在那里。

阿篠摸索着想要点亮灯笼，宗次郎从房间角落的阴影处低声说道：

“还是不要点灯，我很快就会离开。”

“怎么说这种话？”

阿篠没有停下打火石的手，轻声说。

“我想看看你的脸。”

黑暗让阿篠变得大胆。但话一出口，阿篠瞬时感到羞赧，担心一旦灯亮起来，自己反而不敢见宗次郎的脸。

然而，当她看到宗次郎时，心中欢喜顿时消散。宗次郎面色苍白，两颊愈发枯瘦，两眼无神地看着阿篠。他已经做好远行的准备。

阿篠靠近宗次郎身边握住他的手，低声问道。看到男人异常的神情，她的心骤然一紧。

“怎么了？发生什么事了？”

“杀死阿雪的那个家伙，我找到了。”

阿篠倒吸一口气。

“所以，你杀了他？”

宗次郎摇了摇头，看向阿篠的眼神依旧空洞。

“我不会干杀人这种事。”

“……”

“今晚我会离开江户，我来过的事千万不要向任何人提起。”

“我不明白。”

阿篠问道，着急得不住咳嗽。

“怎么这时从江户逃走？到底是谁杀了阿雪？为何不告发那人？”

宗次郎的脸抽搐了一下。

“如果那人是今户的地兵卫呢？告发了也无用啊。”

阿篠沉默了。

仿佛有巨大的重量压在她舌上使她不能言语。阿篠无法将白发、稳重的地兵卫与一个杀人犯的形象联系在一起。她曾几度从地兵卫谦和的言谈举止中窥见他作为冈引的无情，但那终归和拧断鸡脖子般草菅人命的行径截然不同。想着这些，阿篠感到浑身冰冷，不住地颤抖。

过了一会儿，她终于开口小声问道：

“你是怎么知道的？”

“山伏町的长屋，有个人见过阿雪的丈夫。”

叫阿缟的这个女人在浅草广小路附近的一家酒馆做陪酒女。回到长屋的时候，总是在深夜。某天夜晚，阿缟与从阿雪家走出的男人差点儿撞上，两人无意中对视了一眼。那男人立刻别过头匆匆走开，但阿缟清楚地看到，那张一瞬间被月光照亮的男人的脸。

宗次郎给阿缟塞了些钱，让她辨认当晚那个男人。阿缟确认了三个男人的外貌：扒手藤吉和佐平，再加上今户的地兵卫。

藤吉和佐平都是银町时藏的同伙。很早就入了这行的藤吉被叫做叔叔，曾是年幼时候时藏的监护人。他的体形和年纪都与长屋那边的人描述的阿雪丈夫极为相似。佐平比藤吉年轻些，同样是银町那边的上层人物，对阿雪直接下达命令。这男人五十岁上下，喜好女色。

宗次郎开始怀疑地兵卫是最近的事。他沿着地兵卫追踪过来的相反方向不断调查。雁六的被捕以及地兵卫出现在银町，他都知道。只要掌握地兵卫的动向，宗次郎就暂时安全。

在这场危险的捉迷藏游戏中，宗次郎发现地兵卫没有指派手下，而是单枪匹马在追查自己。地兵卫调查的轨迹虽然无误，但速度缓慢正是这个原因。也多亏如此，宗次郎才得以两次侥幸逃脱。如果地兵卫没有动用手下，很有可能他是在没有官府手牌的情况下追捕宗次郎。尽管宗次郎无法判断他的意图，但这种做法对于地兵卫来说无疑十分危险。

正是在那段时间，宗次郎查明阿雪从同伴面前消失踪影的时期，和今户地兵卫大力清理城中扒手的时期恰好重合。这一事实让宗次郎大吃一惊。他感到至此之前毫无关联的地兵卫和阿雪，突然间被一根线串联起来。更奇怪的是，尽管地兵卫不可能不知道被杀的阿雪曾是扒手，却完全没有调查阿雪以前的同伙，几乎是直奔宗次郎而来。

让人头晕目眩的猜想紧接着袭来。宗次郎怀疑，地兵卫不是为了抓捕自己，而是为了除掉自己。不管是独自追踪的行为，还是如此执拗的调查，若这么一想，就都有了解释。而同时如果这一切属实，地兵卫的行动等同于承认自己杀害了阿雪。

不过冷静下来一想，宗次郎又觉得这种怀疑还是有些牵强。地兵卫确实有段时期积极打击扒手，但并没有确凿的证据表明他抓到了阿雪。

然而今日傍晚，宗次郎藏匿于深川元町后五间堀的岸边，遣阿缟前去确认。阿缟返回后不假思索地说：

“就是那个老头。不会错。”

阿缟昨日看过藤吉和佐平的长相，曾摇头否认。

“若对手是冈引，几乎没什么胜算。稍有不慎乱了方寸，就会被除掉。”

宗次郎咧嘴试图笑了笑。

“可为什么会杀了阿雪？”

“也许地兵卫利用阿雪的罪行来威胁她，逼她顺从自己。阿雪提出分手后，地兵卫可能是怕事情败露。或者……”

“……”

“或者是他爱上了阿雪，失去了理智。”

压抑的沉默笼罩二人。片刻后，宗次郎低声说道：

“考虑了很久是否要来这里。怕给大小姐您带来麻烦。但我可能从此一别，再也无法回到江户。如此想来，还是希望能见您一面，道声别。”

“说得真轻巧。”

阿篠有些赌气地说道。她试图从突如其来的悲伤和低落的情绪中振作起来。男人现在就要离开，她却找不到任何可以挽留的借口，阿篠咬紧了嘴唇。

“让人白白担心了这么久，突然来说要告别。你还真是随意。”

“您说得没错。”

宗次郎抬起头，眯着眼睛微微一笑。这微笑深深刺痛阿篠的心。

“也许不动声色地消失更符合我的身份。”

“别出声。”阿篠边小声说，边举起手阻止宗次郎继续言语，随后侧着头确认店里的谈话声。

店里传来什么人的声音，逐渐变成异常激烈的争吵，并似乎在向这边靠近。其中一人是辰之助，当阿篠辨认出另一个是地兵卫的声音时，脸色骤变，望向了宗次郎。

宗次郎当即意识到发生了什么事，站起来向门的方向冲去，但被阿篠拉了回来。她夺过宗次郎的行囊，指了指叠着的被褥。阿篠的脸颊和嘴唇皆失去了血色，喷着火般的双眼看向宗次郎。稍作犹豫后，宗次郎展开被褥藏了进去，阿篠则将行囊塞进壁橱的下方，又熄了灯笼。

漆黑中阿篠在地板上摸索，躺到男人旁边后，深深舒了口气。

从相隔一条走廊的茶室传来辰之助高亢的声音，其间不时夹杂着阿泽颤抖的话音："地兵卫，拜托你坐下来慢慢说。"

"简直疯了！ 地兵卫，你是喝多了吗？！"

"我很清醒，少爷。"

地兵卫冷冷地回答。

"我接到报告，说有人翻过围墙闯了进来，所以前来查看。菊藏是这样讲的。"

"如果真是那样，阿篠早就会大喊大叫了。喂，阿篠，你还不起来？"

"不用问，那人现在就在大小姐的房间里藏着。放手，我要进去搜查。"

“喂，拿出你手牌。”

辰之助乍地爆发嘶吼般的尖厉声音。

“你什么时候又成了冈引？如果你要在半夜闯进我妹妹的房间，先出示手牌。”

“少爷。”

与辰之助激愤的语气正相反，地兵卫的声音低缓。

“我没有手牌。但你欠我的人情，足以让我在半夜搜查这宅子。如果你忘了，我可以一一列举，比如你和批发商能登屋联手，向旗本[①]村濑大人的修建工程供应杉木的那桩生意，要是揭露出来，毫无疑问会遭到逮捕吧。你以为我不知道吗？”

深沉的缄默弥漫在下田屋的屋檐下，仿佛一双不祥的巨大翅膀将下田屋整个笼罩。静静盘踞不动、无法名状的恐怖扩散开来。阿泽在这恐怖的重压下，近乎崩溃，发出断断续续的抽泣。

张开被汗浸湿的手掌，探向被褥中男人的肩膀，阿篠紧紧地靠了过去。她忍受着身体的不停颤抖，和牙齿的

① 指直接侍奉将军的幕臣中，俸禄在一万石以下，但有资格觐见将军的幕臣。

不住打战，暗中等待。

门被静静拉开。阿篠在被子里抱住宗次郎的头，把他护在怀里。

打火石发出的声响划破了黑暗，随后阿篠紧闭的眼睑透过一片红光。地兵卫似乎点燃了一根引火木条，硫黄的气味迅速刺激着她的鼻腔。

阿篠隐约看到，站在房间入口的地兵卫，和他延伸至走廊天花板那歪斜的黑色影子。那是杀人犯的影子。地兵卫举着火，一言未发。木条很快就烧尽了，但阿篠却觉得无比漫长，仿佛能听见时钟在滴答作响，这感觉像是难以忍受的拷问，让阿篠神经紧绷。

眼前像被遮住般重回黑暗。同时门被静静拉上，传来渐渐走远的微弱足音。阿篠感到被子下，男人刚刚像石头一样僵硬的身体放松了下来。

远处传来辰之助的讲话声。

“他走了。”阿篠小声说。

然后，她在被子里扭动身子，将男人的手引向她胸前的乳房。在澎湃高涨的情绪之中，她反复思索着一个念头。男人的手最开始有些迟疑，但很快像下定决心般紧紧将阿篠拥入怀中。阿篠将脸埋在他的胸前，轻声说：

“带上我一起走吧，不管你去哪里，我都跟着你。”

九

阿篠睁开眼睛，宗次郎正望着她。

从防雨木板透进的微弱光线，将纸拉门染上一片青白色，预示黎明的到来。昏暗的光线下，宗次郎眼里含着悲愁，凝视着阿篠。

“我们走吧。”

阿篠对着那双眼睛笑了笑，准备起身，却立刻红着脸缩了回去。她依然赤裸着。昨夜的情景如甘美的梦境般在记忆中复苏，让她双颊火热。

昨夜，那件事过后，阿篠去安抚仍处于惊恐中的阿泽入睡，接着便开始收拾出行所需。她甚至偷偷溜进厨房，备了些干粮。然后把打包好的行李放在枕边，回到了床上。宗次郎的动作开始时是温柔体贴的，但很快将阿篠带入一场狂风暴雨般的激情中。风暴多次袭来，阿篠被疯狂地席卷其中，不时像感受着剧烈的痛楚一般，感受着这与房吉共度的夜晚是多么不同。她不记得自己是何时被剥去了衣物。

宗次郎也起身开始穿衣。阿篠甜蜜地对他的背影轻声说：

“你没有睡吧？”

男人的后背骤然一紧。

“怎么可能睡得着。”

“为什么？”

“……”

“对不起，你是在担心以后的事对吧？”

“大小姐。”

宗次郎转过身，握住她的手。

“我讨厌你叫我大小姐。”

“请再好好想想。虽然可能会被您笑话，但我从还是个孩子的时候，就喜欢大小姐。”

阿篠笑着听着男人的话，像沙子吸收水分一样。她完全相信了他的话。黑暗中，即使欲望再强烈，男人的爱抚也从未失去温柔。

“可我已经无法再回江户。而且现在我只是以赌为生，旅途中的艰苦可想而知。”

“但是留在这里也没有任何指望。我宁愿死在旅途中，只要那时你在我身边。”

“听我说。”

宗次郎急切地小声说，但随即像是放弃了般，表情从紧张一转柔和，望向阿篠。

“会很辛苦的。”

打开后门走到外面的两人，立时被厚厚的雾气包裹。由于这雾，路面上仍显得有些昏暗。

迈出几步，阿篠回头看了看那个家，但没有丝毫留恋，就像是哪个陌生人的家一样。那是她嫁入上总屋时，曾经放弃的地方。那漆黑房子的轮廓，很快就消失在雾中。

阿篠重新拉紧裹在头上的手帕，向宗次郎靠了过去。这样一来，昨夜在黑暗中由宗次郎双手点燃的身体深处的火焰，如余烬残火般让她的身体发热。她对这场没有目的地的旅程毫无不安，只因为宗次郎在身旁，阿篠就很满足。

雾气在路上蔓延，覆盖着十间川的水面，三间[①]开外的物体看不真切。富岛桥的一半被雾气吞没，弥三的小屋也看不见了。

---

① 日本传统长度计量单位，一间约为1.818米。

两人转过紧邻岛崎町街区的拐角，沿着亥之堀河边匆匆前行。不知何时起，宗次郎牵起了阿篠的手。对岸的末广町和石岛町一带，隐约笼罩在一片淡墨色中，但靠近岸边的水面则如钢铁般泛着青黑的光。

宗次郎的脚步猛然停了下来。

被雾气包裹的新高桥就在眼前。当明白了宗次郎为何停下来时，阿篠变了脸色。

高高的桥中央，有个人站在那里，像是从雾中渗出的影子。看到二人后，缓缓向前动了动，这人正是地兵卫。地兵卫难道从昨晚起一直在这里埋伏？这个念头闪过，阿篠的身体一阵战栗。感到一种前所未有的刺骨寒冷，她眼中带着这般恐惧看向地兵卫。

宗次郎目光不离地兵卫，低声对阿篠说。

“请离远些。他想要我的命。”

“没法逃走吗？”

男人没有回答，只是静静推开阿篠。阿篠看见男人身体里生出一种像钢铁般柔韧而紧绷的力量。男人脚步轻盈地踏上桥。阿篠向后退去，感到恶寒袭人，齿间作响，全身从头顶到脚尖都在惊恐地颤抖。

白茫茫的雾气中，可以看到两个男人缓慢移动脚步，向彼此靠近。阿篠“啊”地张口，她本想大喊，却没有发出声音。她看见宗次郎的右手握着一个闪着钝光的物体，几乎同时，地兵卫以一种完全不像是老人的迅猛动作，向宗次郎身边抛出一条黑色的绳索。

绳索在雾中像一条黑蛇般蜿蜒飞舞，在宗次郎的周身，发出物体爆裂般的锐响，然后回到地兵卫手中，像是一种特制的钩绳。

宗次郎拼命躲避绳索，阿篠看到，有那么一次他几乎半个身子都在桥栏杆外，才勉强躲过迎面而来的绳索。宗次郎几次把匕首架在腰间沉下身，尝试逼近地兵卫旁侧，但地兵卫手中的绳就像活物一般阻挡了宗次郎的动作，在他身体上方挥舞，发出类似鞭子抽打般的声音。

终于，地兵卫的绳索尖端钩住宗次郎的衣领，黑绳索猛地拉紧成一条直线。下一瞬间，绳索画了个圆，袭向宗次郎颈部，与此同时，宗次郎弓身冲向地兵卫。阿篠看到这一幕，双手捂住眼睛，无力地瘫倒在地上。

脚步声响起。那脚步声缓缓走下桥来，不久，在阿篠面前停下。阿篠不想睁开眼睛。她不想看到宗次郎倒地不起的样子。

“大小姐。”

是宗次郎的声音。

阿篠移开手指，看着站在面前的男人，喜悦瞬间贯穿全身。衣袖破成几缕布条，胳膊和脸上都淌着血的宗次郎站在那里。他将倒向他的阿篠抱入怀中，平静地说了一句：

“请回家吧。”

“为什么？地兵卫怎么了？”

“他在那边。”

阿篠抬头朝桥的方向看去，只见桥中央，地兵卫面朝下倒在地上。他一动不动，也一声不响，显然已经死了。

“你杀了他？”

“……”

宗次郎微微侧头，眼中流露出复杂的情绪。

“确实是我刺了他，但第二次是他自己撞向匕首。”

“我们快逃吧，快。”

“大小姐。”

宗次郎用近乎悲伤的眼神看向阿篠。

“从这一刻起，我就是个杀人犯了。一旦他们知道是我杀了今户的地兵卫，天涯海角他们也会追过来。带着大小姐逃亡实在是不可能。”

“那怎么办？你是要我等你回来吗？”

“请忘了我。就当我们从来没有见过。”

“做不到，绝对做不到。”

阿篠在心中疯狂重复着，她怎么可能忘记他，忘记和他的相遇。

“被抓也无所谓。杀人犯的情妇也无所谓。带我走吧，求求你。”

“不行。不要让我更痛苦。就算现在我还自由，我也已是被追捕的人。必须在雾散之前尽可能远离江户。再让我看一看你的脸吧。”

宗次郎将阿篠拉到身边，像是被强烈的情感所驱使，粗暴地将她紧紧抱住。阿篠感受到男人身上的血腥味充满她的肺，她希望能就这样死去。

“阿篠，我喜欢你。就像今早我说的，从小时候起，就喜欢得不得了。但我却让你这样伤心，请原谅我。我们可能再也见不到了。”

“带我走吧。”

阿篠呻吟般说着，悲伤压得她喘不过气，声音细弱无力。就像是代替了语言，泪水悄然溢满她的眼眶。

“对不起。”

男人猛地抽身离去，阿篠踉跄了一下，被留在了原地。

雾气氤氲的桥上，男人如同影子般向前移动，最终融入一片白雾中，消失不见。

阿篠缓缓走到桥上。周围的光线逐渐明亮，但雾气反而愈加弥蒙，厚厚地覆盖在地面。桥中央地兵卫的尸体倒在那里，阿篠并没有看过去。

她瞪大眼睛望向雾的深处，新的泪水模糊了视线，只能看到不断扩散的白色溟蒙，茫茫无尽。

“宗次郎……”

阿篠呢喃，然而未能发出声音，毫无血色的嘴唇只是颤抖。她依旧瞪大眼睛，抬起手摘下头巾。

阿篠短暂的旅程，就此结束。

暗杀的年轮

一

贝沼金吾走近。

他赤裸上身，右手握一条打湿的手巾。站定后，并不看馨之介，而是转首望向井台，说道："回去路上，要不要来我家坐坐？"

时间应已过午后四时，道场[①]后院还残留正午的暑气。汲水井旁，十余名年轻人边高声谈笑，边用水冲洗。这些半裸的男人忍耐着酷暑，而结束激烈训练带来的解放感，使得他们恣肆无忌。

馨之介讶异地看着金吾。二人已久未单独交谈，馨之介甚至以为金吾再不会主动与他讲话。他们之间并无嫌

① 指进行武道训练的场所。

隙。想不出一个能称之为原因的原因，金吾便逐渐和他疏远，不知不觉间馨之介心生此感。

金吾与馨之介同门十载有余。在城里被叫做“坡上的道场”的室井道场，二人曾被并称龙虎。金吾挥舞竹剑的习惯，以及眼前他那浅黑的皮肤下所隐藏的肌肉经过怎样的锤炼，馨之介都了如指掌。二人不仅是道场上的伙伴，还常常互访家舍。

本应是无间的二人，从何时变得疏离，馨之介想不清楚。这也是由于金吾的变化不甚明显。悄然间金吾对馨之介开始有所回避。仅此而已。

自然，对待除馨之介以外的同门，金吾的态度未有丝毫变化。若馨之介主动攀谈，他也不会拒绝回应。只是他们不再像往昔那般愉快地有说有笑。金吾总是有意无意地躲避馨之介的视线，话也变少了。

馨之介有所察觉后，对待金吾也变得寡言少语。他感到有一堵冰冷墙壁般的无源之物横亘在二人中间，不过馨之介并没有打算去深究，也不想去责难金吾吞吞吐吐的态度。馨之介内心有一种犹疑阻止他这样做。在此情形下和馨之介渐行渐远的，还有其他人。

“大概，是因为那件事吧。”馨之介隐约觉得。

父亲葛西源太夫在馨之介三岁时便去世。据传他并非病逝，而是因卷入藩内政治斗争，企图刺杀某重臣未果而切腹自尽。至于那位重臣究竟是谁，馨之介并不知晓。十八年前的这场事变，不知为何在藩内成为绝密，冰封在黑暗中无人提及。

从某个时期开始，馨之介感到身边人的眼睛有时会奇怪地盯着自己。或在亲戚们聚会的场合，或在街上与不知姓名的藩内家臣擦肩而过时，这些视线中共有的东西逐渐让馨之介感到烦闷。

那是一种带有怜悯的嗤笑。

自从开始理解这笑中的含义，馨之介变得沉默，在室井道场的剑术修行也愈发刻苦忘我。他从这些含笑的目光背后，感到父亲的横死。一旦意识到这一点，馨之介对此只能忍受。

察觉贝沼金吾逐渐疏远自己时，馨之介也在这背后感到死于非命的父亲。如果这就是原因，馨之介就唯有默送金吾远离。他想这或许是对在那场众人讳莫如深的事变中丧生的父亲的一种体恤。

然而今日，金吾从那几乎是他一手筑起的高墙对侧，忽然开口对他讲话。就像是一个长时间在前面沉默而行的陌生男人，猛地转首相向，令他略感诧异。

馨之介未作回应，金吾这才回头问道：

“是不方便吗？”

金吾微眯双眼。那眼神虽让馨之介心头刺痛，但表情却是柔和的。

“有什么事吗？”

“有点事。哎，不用这么客套吧，以前你常来。”

话确实如此，馨之介心想。金吾的声音爽朗，语气轻松得像是之前的种种只不过是馨之介的误解。但当金吾不经意直视馨之介时，眼中转瞬即逝的一道光却让馨之介为之心寒。金吾眼中飞快闪过的，是一抹冰冷的笑意。

馨之介平静地说：“知道了。”

“那么，晚八时前过来，我等你。”

金吾瞥了眼水井，补充了句让人意外的话：“这件事可否对众师兄弟和师父保密。”

一片面积庞大得难以称之为山丘的台地，向城的西方徐徐展开。其缓慢倾斜的坡道从中段开始便进入城镇，那里密集排列着足轻[1]的住宅，而再往前则是七万石海坂

---

① 指低级武士或步兵。

藩的城下町。主城位于贯穿城正中的五间川西岸，美轮美奂、五层之高的天守阁从城邑的四面八方皆可望见。

馨之介缓步走下坡道。归家途中，他又去探望因中暑而休息的道场主室井藤兵卫，故是独自一人。

经过足轻町，接下来便是町家[①]。左右两旁商铺林立，高挂红灯笼的居酒屋混杂其间，街上人头攒动，好不热闹。

“少爷！”

一个女人的声音突然响起。馨之介听出唤他的是阿叶，但他没有回头。他总是觉得阿叶无礼，却也不恼。阿叶站在一家名为德兵卫的居酒屋门前。此家店主德兵卫，曾在馨之介十岁之前，在葛西家做下人。那时，德兵卫的女儿阿叶有时会来家里，与馨之介一同玩耍。然而长大后，他们各自生活的天地已然相异。

“少爷，偶尔也来坐坐呀。”

阿叶的声音娇媚明亮。馨之介稍许加快脚步，心想这人实在无礼，但仍未有怒气。

---

① 日本传统的住宅形式，主要指商人的家，通常是将商铺和住宅结合在一起的设计。

阿叶的声音透着历经世事沉浮后的几分风骚妖娆。她招呼馨之介显得游刃有余，略带调侃地戏谑这位一板一眼、严肃正经的武士。

今年初春，馨之介时隔很久才见到阿叶。

那日傍晚从道场出来后，虽然察觉像雾一样的细雨濡湿了道路，但馨之介仍继续前行。雨势不足以让他折返借伞。道边尚有些残雪未融，但雨水已不再冰冷，只如轻烟般润湿了街道。就在这时，“少爷，给你伞。”

听到背后一个女人的声音。馨之介以为不是在叫自己，便继续往前走。又被叫到“葛西家的少爷”时，他才回过头，看到阿叶站在眼前。阿叶显然是急匆匆追上来的，一边气喘吁吁，一边递出伞。馨之介眯起眼睛打量女人。

他即刻认出这是阿叶。能称他为葛西家的少爷，毫无畏惧直视他的女人，只有阿叶。馨之介还记得她的眼睛。阿叶略有些“三白眼”，因此显出稍许凌厉，可是垂下头时又让人感到异常落寞。

然而，真正令馨之介感到目眩的是阿叶成熟的身体。从脖颈到肩膀，柔和的线条彰显她已是成熟女人。她毫不掩饰因奔跑而气喘起伏的胸口，即便衣衫在上，也能感受到其丰盈的曲线。

馨之介将不自在的目光投向往来的路人，显得急于脱身，而阿叶对此倒似很享受，见缝插针地说，自己在秋田的城下做了五年工，一月刚刚回来。

馨之介转身离去时，阿叶像个酒馆女郎一样招呼道：

“店的里面还有房间，也有武士大人在哪。少爷您也来坐坐。”

次日，馨之介顺路还了伞，之后便再没踏足德兵卫的店。那里是足轻和返乡农民买醉消遣的场所，虽说他无官无职，但毕竟是堂堂武士，混迹于那种地方总归不合适，况且他对喝酒并无兴趣。

阿叶似乎就此放弃，未再听到她的声音。馨之介虽也曾想择时严正告诫她一番，但也没有很认真考虑。从道场回来时稍绕个路，便可避开德兵卫的店。然而他没有这样做。因为像阿叶那样的年轻姑娘主动招呼他，并未让馨之介觉得厌烦。

馨之介忆及初春与阿叶站着闲谈时，阿叶身上散发出的杏子般的甜香。这一刻，今晚要去拜访的贝沼金吾，其妹妹菊乃的脸，与阿叶的脸重叠在了一起。

他不曾拜访金吾家，已有一年之久。在这期间，他和菊乃从未在路上遇见。如果说年方十九的阿叶如同果实，那菊乃则还是花蕾。她的美丽、矜持和含蓄，依然被包裹在淡雅的花苞之中。

想到今晚或许能见到菊乃，馨之介内心泛起了些许涟漪。

二

金吾前来玄关迎接，继而引馨之介至贝沼家内厅。经过茶室时，和纸拉门透过明亮的灯光，从里面传来女人的说话声，但不是菊乃的声音。

步入厅内，只见有三名陌生武士，坐在金吾父亲——身为物头①的贝沼市郎左卫门对面喝酒。

市郎左卫门立刻回过头，向馨之介摆手招呼："辛苦了啊。来，这边坐。"背对壁龛而坐的三人看也没看馨之介，继续低声交谈。

面向那三人，馨之介和金吾坐了下来，市郎左卫门随即开口道："容我介绍，这位便是我所说的葛西之子。"

---

① 统率弓箭队、火枪队等部队的首领。

话音刚落，正对面的三人齐齐抬头看向馨之介。其中两位是白首老者，左边是位大眼且肥胖的中年男人，三人都身穿体面的衣装。

从男人们的目光中，馨之介感到这三人对亡父源太夫十分熟悉。他们的凝视持续了许久。

金吾在旁低语道："正中者是家老①水尾大人，右者为组头②首藤大人，左者为野地大人，位居郡代③。"

说起名字，馨之介倒是早有耳闻，却是初次得见。

像馨之介这样没有头衔的下级武士，每月仅须在城内值勤一日。当班那天，馨之介听从名为长井作左卫门的番头④的指示，负责看管一整日装有藩主亲笔文书的木箱。他能认得出的显贵上士，除番头之外，也就只有两三人。

馨之介问安后抬起头，那三人仍在盯视馨之介。家老水尾内藏助脸上全无表情，而组头和郡代眼中却带着一抹笑。显然这不是善意的笑，而是一种觉得他可怜的讥笑。

馨之介感到自己的表情渐趋僵硬。

---

① 武士家臣中最重要的职务，负责统领藩中事务并全面管理藩政。

② 中级军官，指挥小规模部队。

③ 负责管理一个或多个郡的官员，类似于现代的地方行政官或郡长。

④ 警卫职的首领。

片刻后，水尾家老从牙缝间吸了口气长哼一声：“嗯……”仿佛完成某种评估。组头首藤彦太夫紧接着清了清嗓，眼中那抹笑也随之消失。无礼的凝视似乎就此结束。

突然，野地勘十郎放下交叉的双臂，声音粗野地说：

“这就是那个靠女人的屁股保住性命的小子啊，养这么大不容易嘛！”

“郡代！”市郎左卫门厉声打断野地，显得很是紧张慌乱，试图阻止野地继续胡言乱语。馨之介当即察觉，打断野地讲话的市郎左卫门是在维护自己。

这位叫野地的郡代究竟所言何意，馨之介虽不甚明了，但被那句话直刺胸口的感觉异常清晰。他明白自己应该立刻予以还击，但又觉得无的放矢。

馨之介厌恶地看向郡代，低声向坐在右后方的金吾抱怨：“不知是什么聚会，但这些人真让人不快。我告辞了。”

“等等，葛西。”金吾也低声回应，转而又语带责备地说：“父亲。”

于是未待市郎左卫门开口，水尾家老即说道：

“听说你是源太夫的儿子，过来这边，有些事情要与你讲。”

馨之介并未移动，见此，首藤和野地挪开面前碗筷，向前靠近了些。将家老置于上座，几人围成一个狭长的圈。

“你可知岭冈，中老[①]岭冈兵库。”

水尾家老向前努着因缺牙后缩的嘴唇说道。他的问话直面而来。尽管语气平缓，但馨之介感到，家老那细长的眼睛正严厉地看向自己。

“是，我知道他的名字。”

“你可了解他是何许人？”

“嗯？”

岭冈兵库是藩内得权重臣，未至四十便登中老之位，并在此位主导藩政逾二十年。

掌权期间，为重振窘迫的藩内财政，他向荒地引入水源，开辟新田，在领地内增加万石良田，并创办藩校，弘扬崇学之风，其政绩不胜枚举。据闻若干年前饥荒肆虐之时，他对其他领地涌入的饥民也施以援手，终使海坂藩领内无一人因饥馑而死。

此人早已被誉为藩之砥柱。

---

① 武家重臣，地位仅次于家老。

馨之介在值勤的日子里，也曾两三次见过这个身材高大、体魄魁梧的兵库。但他也仅是想“这人原来就是岭冈兵库啊”。对于这个在藩政中心翻云覆雨的人物，馨之介心中仅怀稍许好奇，从未料到会与自己有何干系。

“你如何看待兵库？”

水尾家老又问道。他那凝睇不动的棕色瞳孔，令馨之介倍感压迫。

“在下听说他是藩政之砥柱。”

“我是在问你个人的想法。”

家老执拗追问。

“在下……”

馨之介一时语塞。

“在下也认为他是此等人物。”

“很好。”

家老收回质询的目光，满意言道。他遂缓和神色，以淡然口吻继续说：

“众人皆是如此认为，但这并非事实。此人乃世上少有善谋之士，步步为营，将海坂藩卖给一个经商发迹的财主。结果就是，出现了除我们在江户的主公外，地方领地又有了另一个‘主公’的局面。”

“是小室善兵卫。”

野地接过话。

小室善兵卫乃一个在城下经营布料店和瓷器店的富商，比起做买卖，他的富有更多是依靠他作为领内第一大地主的收入。每当藩内财政陷入危机时，善兵卫就会通过献金献米积极接近藩政，进而参与到决定藩政根本的农政中。他向因歉收而困窘的农民低利放贷，数次拯救苦于贡米征收的藩内财政，但他收取债务和利息时也从不手软。若有农民因此破产，他就利用在藩内上层的影响力，稳步扩大自己的土地。

不仅是领地内的百姓，海坂藩本身也向小室善兵卫借了巨额资金。善兵卫如今已被授予郡代次席之位，与中老岭冈合谋，共掌藩政。

“正如野地所说。事实上，二十年前兵库和善兵卫的阴谋就曾被识破，发生过试图铲除兵库的事件。”水尾家老补充道。

“当时为重整财政，对领内土地曾进行重新测量和分配的改革，但刚刚成为中老的兵库却阻止了这一举措。兵库表面上打着保护百姓的名义，实则别有用心。”

“……”

“重新测量土地，受到损失的不是百姓，而是那些依旧法测量、将土地产值低估的新田地主，也就是像小室这样的地主。”

“……”

“藩内因此分裂成两派，甚至发展到刺杀兵库的地步，但最终事败，因此反对派未能触及兵库分毫。这是很久以前的事了……”

“但这次已不容犹豫。兵库最近提出新的财政重建策略，消息泄露后，领内风雨欲来，百姓们也骚乱不安。”

野地接着说，他那肥胖的脸涨得通红，眼神变得近乎凶狠。

“和二十年前一样，藩内再次一分为二。”

贝沼市郎左卫门补充道。

馨之介低头默然无语。这是他初闻藩内有如此激烈的政治斗争，但不知何故，他却感到这一切像从头顶掠过的风，几乎没有实感。

自去年起，藩内向百姓征借粮食，馨之介家也按照每百石十五俵的比例上缴。他隐约感知藩内财政状况不佳，但这对他和母亲的生计并没有太大影响。

家老和郡代野地频频提及的这些藩内诸变，究竟和自己有多大关联？相比之下，馨之介心里更在意的是野地方才所说的那句话，它仍像一根刺般深深扎在馨之介心里。这男人刚才到底在说什么？

一直不作声听众人言语的首藤，即那个小个子老者忽而开口：

“我们希望你能承担刺杀岭冈的任务。”

馨之介愕然抬首，炙热的目光一齐投向他。

“……”

“自然不是让你一个人行动，金吾也会协同。”

市郎左卫门补充道。

“恕难从命。”馨之介果断拒绝。

“若是这样的商讨，那在下今晚就此告辞。”

他觉得自己对野地方才之言有了一丝回击。

金吾厉声呵斥：“葛西！”

金吾在他的右后方。馨之介慢慢握住刀柄，身体微微向右扭转，脸依然朝向家老等人，双膝一点点向后退去。

“请诸位放心，在此所闻之事在下不会外传。”

退至走廊，馨之介一关上拉门，便听到野地的声音：“真是无礼之徒。”

他快步走向玄关。没有人追上来，途中经过茶室，内中依旧透出明亮的灯光洒在走廊，里面传来女人轻柔的交谈声。四周弥散平稳祥和的气息，让人难以置信在内厅刚刚发生那样的对话。

“馨之介大人。”

正欲跨出大门时，一个年轻女人的声音叫住了他。

灿然星光下，一张白皙的面庞浮现。

“果然是您来了。”

“……”

菊乃的声音清澈悦耳，透着无邪。她自大门旁的枫树下走来，那张白皙的脸缓缓靠近。女人的香气猝然扑面而来，一股类似花香的气味环绕菊乃周身。菊乃轻声一笑。从她的笑声中，馨之介感到菊乃其实有些局促紧张。

“您也真是奇怪，这是打算悄悄离开吗？”

“……”

“怎么了？和哥哥吵架了？”

“没，没吵架。”

馨之介终于开口。

闲谈几句后，馨之介愈发觉得刚才在内厅发生的事情像是一场怪异的噩梦。在与金吾尚有来往之时，他确有几次感到菊乃对他抱有好感。

这些记忆涌上心头。

“我有点事，所以着急要走。”

“好久都没见您了。”

菊乃更往前靠近了些，白皙的脸几乎要触碰到馨之介的胸口。黑暗似乎让她变得前所未有的大胆。

“有些这样那样的状况。”

“是婚事吗？”

菊乃出人意料地问，语气中夹杂的嫉妒让馨之介感到惊讶。十六岁的女孩已经懂得嫉妒了吗？馨之介微微一笑。

“没有那回事。”

黑暗也在怂恿馨之介吐露真心。

“如果要提亲，我会和你提。”

菊乃没有回答。即便是在黑暗中，馨之介也感觉到她的身体变得僵硬。

长久的沉默之后，菊乃小声问道：

“下次您什么时候来？”

“你们在那做什么！”

一个严厉的声音冷不防响起，是金吾。菊乃像是被弹开般，从兄长的身旁跑远。馨之介听到她的木屐在石板路上发出声响。

“你真不打算帮忙吗？”

金吾没有提及菊乃片语，问道。

“这不是私斗。虽然不能明说，但今晚所言，是来自家老上面更高层之人的意思。你不觉得这是荣誉吗？”

“我不这么想。”

馨之介平静回答。

“并不是非我不可，我不想被卷入这种麻烦。”

“是吗？”

金吾站立在黑暗中一动不动，语带嘲讽地说道。

“你还不了解内情。算了，迟早你自己会想要杀死那个人。”

“什么意思？”

“这个嘛……”

金吾的声音冰冷。

“去问问你母亲。”

三

“我不清楚源太夫究竟做了何事。”

桧垣庄右卫门以为难的神情看向外甥。庄右卫门任职于账房，享有二百三十石俸禄，乃母亲波留的长兄，性情温厚，年届五旬。

“波留派人过来，而我去五间川河边的时候，你父亲已经身亡。我让带去的下人将他的遗体送回你家，仅此而已。究竟发生何事，无人知晓，自那以后也未曾听闻详情。”

“我从母亲那儿听说，父亲是参与刺杀某位重臣的行动。虽然没有任何人对我讲过此事，但这个传闻不是已经在藩中暗自散布开了吗？”

“那只是谣言。真实的情况没有人清楚，不要轻易说出这种没有根据的猜测。”

“那位重臣……”

馨之介审慎观察庄右卫门的表情，说道：

“我听说是岭冈兵库大人……”

“住口！”

庄右卫门抬手制止。他的脸微微涨红，眼神不安地从敞开的外廊望向庭院。

廊外洒满夏末灿阳的光辉，只是偶有风吹过庭院，扰动了一阵光影，轻轻摇曳墙角开始抽穗的茅草丛和开在它根部的小菊花，却没有人的气息。

庄右卫门之子庄一郎去城里当值，而舅母趁庄右卫门休息去寺庙参拜，因此也不在家。庄一郎的妻子方才端来了茶，但现在不知在哪儿，安静得没有一点声音。

“不知道你从哪里听来的……”

庄右卫门清了清嗓，重新端正坐姿，强作威严之态。他红润厚实的脸上，不知何故掩藏一丝不安。

“有各种各样的传闻。当真相不明朗时，流言蜚语就更容易四起。我也不是没有听过三言两语，但真相，只有你父亲和那位人物以及少数人知晓。”

“还有，策动我父亲的那个人。”

“馨之介。”

庄右卫门掏出纸巾，擦去额头汗珠。空气干燥而灼热。

“不要做无谓的调查。陈年旧事，早就被人遗忘。另外，我要告诫你，谨言慎行。那件事之后，葛西家只是原本一百七十石的俸禄被削减了五十石。若事情真如你所说，葛西家已无存亡可能，你和波留的命运也难以预料。”

“……”

“我不知道详情，但隐约听说，上面对此事大为震怒。

你们家可以说是捡回来的名声，必须好好珍惜。”

“是用女人屁股换来的名声吗？”

馨之介并不是已理解这句话的含义。郡代或许是无意中失言，他本打算更慎重地追查。可是庄右卫门那一味遮掩躲闪的措辞，令馨之介心生逆反之情，说话也变得轻率。然而，他那市井无赖似的言语，像投向庄右卫门的石子，引起了意外的声响。

庄右卫门的脸霎时通红，太阳穴处青筋暴起，双手紧紧抓住圆鼓鼓的膝盖。

“荒唐的流言蜚语……”

庄右卫门怒目瞪视馨之介。

“你要是相信那种谣言，轻视你的母亲，我绝不会饶你。想想波留为你受了多少苦。”

离开庄右卫门的家，独自一人时，馨之介感到心中沉郁不畅。被称作唐物町的这片区域，靠近大街的只有寥寥几户町家，而在城西北方的高地上，则密布武士的住宅。

长长的缓坡朝向町家倾斜，但路上未见人影。

馨之介心中盘踞顽固的疑云。午后四时的阳光从头顶倾泻，他却感受不到那份热度。

他此行拜访舅父，是期待舅父或许知道一些父亲横死的真相，同时想要确认郡代所说“女人的屁股”那句话的含义。

虽然混沌不明，但馨之介隐约可知父亲源太夫在藩内政变中袭击了中老岭冈兵库，并疑心那之后，母亲波留可能是为了保全葛西家的家名，或为护馨之介性命，做出了某些事情。

然而庄右卫门却避而不谈，最终勃然大怒，这反而加深了馨之介的疑虑。

馨之介停下脚步，闭上了眼睛。

他强忍脑海中闪过的一个分明而又丑陋的念头——母亲出卖了她的贞操，而用贞操换来的，可能就是他馨之介的生命。

此念一起，他总算明白了郡代野地勘十郎脱口而出的那句粗鄙话语的含义。不仅如此，长久以来的疑惑也终如雾气散去般得到解答。

那些毫无缘由，摆脱不掉的视线。馨之介以为其中含有的笑是悯笑，果然不是错觉。而自从知道这件事后，贝沼金吾也疏远了他。

馨之介再次停下脚步，回头望向坡顶。坡道上依旧没有人影，只是洒满耀眼的阳光。他对母亲和舅父庄右卫门的愤怒骤然被打断，庄右卫门的话在耳边苏醒——真是荒唐的谣言！无论是谣言还是事实，他都无法因未告知详情而责怪舅父。

馨之介的胸口又感壅塞。

回到长押町的家，母亲波留正在客厅做着针线活。

静谧的空气中，从围墙那一侧足轻所居的杂院，传来织机单调的声响。那是足轻的妻子在做副业。

站在外廊，馨之介默默注视房间里的母亲。

波留常将仪容打理得整洁得体，即便是在炎热的夏日，也不会留下一缕凌乱的发丝。她穿戴质朴，每月一次前往寺庙参拜时也尽量穿着简素不惹眼目。除操持家务外，便是照看庭院一角的菜地，并做些针线活度日。几乎不与邻里往来。

馨之介注意到，从波留的脸颊到颈部的肌肤依然光滑细腻。波留在十八岁时生下他，现今四十一岁，因只育有他一子，皮肤仍显年轻，犹存年轻时被赞誉的美人痕迹。

“怎么回家不打招呼？”

波留放下手中正缝补的衣物抬起头，责备地说。

“我回来了，母亲。”

馨之介问候道。

“唐物町你舅父一家都还好吗？”

“舅母去寺庙参拜，庄一郎执勤不在家，见到了舅父和阿律嫂子。大家都无恙。对了，阿律嫂子的情况也很顺利，听说年底孩子会出生。”

与舅父庄右卫门的对话，就是从这些闲言开始。

“你也该……”

波留像是在确认什么似的，目光落在馨之介的胸膛和肩膀。

“也该找个人成家了。”

馨之介起身，走到外廊，伸了个大大的懒腰。

“我还早呢。”

“哪里早了？你去世的父亲在你这个年纪时，我已经怀上你了。”

馨之介心想，女人啊，真是说话毫不知羞。然而，对波留的怀疑和憎恶不知为何渐渐消散，母亲被无端的谣言伤害，是个可怜的女人，馨之介不由开始这样觉得。

“父亲要刺杀的那位重臣，好像是岭冈大人啊？”

馨之介忽地回头问道。波留的目光又落到手中的针线活。斜射的夕照映在她手上，针有规律地反射着光，波留手上的动作没有丝毫慌乱。

“又提这个事吗？”

波留低着头说。

“你父亲什么也没有和我讲，对方是谁我又哪里能知道。”

四

阿叶满脸悦色。

她端来茶水，递上盛有薄饼干点心的盘子，其间不时笑着偷看馨之介，但因为馨之介来时表示他想与德兵卫单独交谈，所以阿叶没有继续打扰，离开了房间。

“这房子相当宽敞啊。”

馨之介感叹地说。从街面上看，这只是一家宽两间的居酒屋，但后面却是两层楼构造，从茶室的窗户望去，还可见到一个打理整洁的庭院。

“二楼有三间房，可以请艺伎来，所以城里的商人老爷和武家大人也会光顾这里。”

德兵卫年近七十，但仍然精神矍铄。瘦小的身躯，背略显佝偻。

“别这么拘礼，德兵卫。”

馨之介说。

“盘腿坐就好。”

“少爷，那哪能行。”

德兵卫说道，已布满皱纹的脸上，那双圆圆的小眼睛闪烁着光芒。

“今日是有什么秘密的事？”

“有些事想问问你。”

“是要借钱吗？”德兵卫眯起的眼睛带着笑意，“是这事的话，小老儿倒能稍微筹措些。是需要向夫人保密的钱吗？”

“不是。”

馨之介苦笑。

“我不是来借钱，你只要毫无隐瞒地回答我要问的事情就好。”

“哦？”

德兵卫疑惑地侧了侧头。

“你来葛西家当差，是我祖父还在世的时候吧？”

“是，少爷。老爷那时也才十一。”

“你离开那年，是我十三岁的时候。”

“老爷因为那事去世后不久，我便不再寄宿。以前的日子真好啊。我和一个叫加代的女佣住在府上，家中总是热热闹闹。”

“那些先不谈。”

馨之介打断道。

“正因为你是跟随葛西家很久的老仆人，你应该比任何人都更了解葛西家的事。你还记得我父亲去世前后的事吗？”

德兵卫皱起眉头。

“我想知道那天的情况。”

“谁也没想到会发生那样可怕的事。午后六时过后，老爷说有个聚会，便若无其事地出了门。当然是独自一人。”

“他有没有说去哪里？”

“可能对夫人说过，我只是在门口目送他离开。但他没提灯笼，步伐匆匆且小心，让我觉得有些奇怪。”

“……”

“有官差来通知说老爷身亡，是那晚十时前。我立刻跑去桧垣大人家，之后便乱作一团。”

“你有听说我父亲是为何死的吗？”

“我也不过是在外头听到各种议论。到底哪些是真的，现在我也无法确定。据传他企图刺杀某位大人，但那也只是私底下的谣言，没有人亲眼看到当时的情况。”

“你说的‘某位大人’是岭冈吧？”

“正是。”

“听说坊间有传闻，为了保住葛西家的血脉，母亲曾向岭冈求情留下我的性命？”

德兵卫的脸微微抽动。一对细眼圆睁，直视馨之介，片晌后摇了摇头。

“别说你不知道，德兵卫。”

馨之介用直刺过来的锋利目光逼视德兵卫。他怀疑此传言就是出自德兵卫之口。

德兵卫起身。

“你去哪儿？”馨之介厉声质问。

“天暗了，我去点灯。”德兵卫的声音平缓。

回过神时，窗外的庭院已笼罩在薄暮之中，房中亦渐昏暗。带有寒意的初秋空气自窗外涌入。

“确实，我有听说这样的传言。”

点上灯后，德兵卫声音沉稳地说道。

“那都是无聊的谣言啊。”

“难道不是真的发生了传言中的事？”

“小老儿哪里知道。老爷的丧事一结束，我就马上住在了外面。”

馨之介察觉德兵卫在巧妙避开话题。坐在眼前的这个瘦小老人，让人感到难以捉摸。

“我怀疑是你散布了这个传言。”

“不是我，少爷。”

德兵卫忽道出让馨之介意想不到的话。

“我是从一个叫弥五郎的男人那里得知。”

“这人是谁？”

“这人当时是岭冈大人府上的杂役。”

“现在还在岭冈府上吗？”

“这人品行不端，嗜酒如命，虽然当着官家的面说有些不合适，但这人还痴迷赌博，所以这做做那干干，都待不长久。我听说他最近去了附近的持筒町，给鹿间大人做仆人。”

“能不能安排让我见见这个人？”

门外传来四五人的脚步声，随后这几人好像上了楼，其间突然听见阿叶的声音：“哎呀，真是的，等一下呀，这就给您拿酒来。”

“也无须特别安排，少爷。”德兵卫说。

“弥五郎经常过来。您吃顿饭等着，没准儿今晚就能碰到他。不过……”

德兵卫看着馨之介，眼中浮现困惑之色。

“都过去这么久，您怎么还调查起这事？都是胡扯的传言，您要不提，我都已经记不得了啊。”

五

在持筒町狭窄的小巷角落，馨之介如夜贼般弓身蹲伏。他腰间只别一把小刀，衣衫下摆高高撩起，并用手帕遮脸，一副若被藩中熟人撞见，也难以解释清楚的打扮。

不凑巧的是，迟来的月亮刚刚爬上城镇的夜空，周围一片朦胧的光亮。木槿围成的篱笆杂乱伸展到路上，那黑影成为唯一的掩护。

约莫两刻钟过去。他的双腿开始发麻，这时对面三间房子更往前的一个便门微声开启，一个五大三粗的男人缓缓现身街头。

男人向前迈出步的同时，馨之介起身，追上男人与他并肩同行。

“就这样跟我往前走！”

男人感到不安地正要加快脚步，馨之介低声威胁。男人察觉馨之介已走过持筒町，锻冶町眼看也要走到尽头，他蓦地止步。锻冶町往前的路是一片如荒野般杂草丛生的空地，而再过去就是仅散落几户农家的村子。

“你到底是谁？”

“……”

“搞什么鬼？找我有事吗？”

“别废话，走就是了。”

馨之介迅速贴近，抓住男人肘部痛处。

弥五郎因疼痛认出了蒙面的馨之介。

“这不是大人吗？您打算对我干什么？”

“上次有些事忘了问你。老实点继续走。”

走出锻冶町前，他们和两三路人擦肩而过，每遇人时，馨之介便紧靠弥五郎身侧，而弥五郎则因疼痛频频皱脸。

“这附近就可以。”

离开主路钻进草丛里后，馨之介遂停步说道。这一片乃昔日五间川蜿蜒流经的河床，草丛中散落婴儿头颅大小的石头。

“不坐下吗？”

馨之介在一块石头上坐下后说道，但弥五郎站着摇了摇头。

“在德兵卫家见到你时，我马上就知道你撒了谎。”

“……”

“今晚你得说实话。”

去德兵卫店里那晚，馨之介没能见到弥五郎，只得无功而返。次夜再度去时方才得见。

然而，弥五郎坚称自己也只是在别处听到那些谣言。至于何处所闻，闻自何人，无论怎么追问，他也不肯透露。只说时隔太久，都已忘记。但与此言相悖，弥五郎在偷觑馨之介的视线中，却流露出难掩的邪恶快意，这直刺馨之介胸口。馨之介的质问，无疑让这个男人回想起过去知道的某些事情。

“不用顾虑，告诉我，我母亲到底做了什么。”

“大人您饶了我吧。”

“你别误会。你说吧。我没想把你怎样，我只想知道真相。”

馨之介仿佛听见一个声音：现在放弃还来得及。

假使过去真有那般事发生，现在追究也无济于事。

但馨之介站了起来。

“无论如何我都要知道。告诉我发生了什么，弥五郎。”

这个五十多岁的男人，因恐惧而扭曲的脸在月光下显露无遗。这表情激起馨之介心中的冷酷。他拉起对方手腕，扭转身体轻而易举就把弥五郎的庞大身躯摔了出去。

弥五郎“啊”地惨叫一声，爬起来像被弹开般欲逃跑，但馨之介迅速伸脚一绊，弥五郎前倾跌倒，发出闷响。

馨之介脚踩在弥五郎背上，并将全身重量向下压去。

“大人，这样太疼没法讲话。”

弥五郎呻吟道。

“哎呀，好疼！”

弥五郎正对馨之介，在一块石头上坐下来，遂狠狠看着馨之介，夸张摩挲身体各处，将年过五十仍四处做下人为生的恬不知耻展露无遗。

“说吧。”

“如果这能让您放下这桩心事，那我就讲讲吧。”

弥五郎嘿嘿一笑。

五间川上游，自海坂藩城下町向北约小一里的地方，有一村名为水垣，村边有岭冈兵库的别墅。这是两年前，他升任中老时被赐予的宅邸。那里混杂着黑松的杂木林，一直延伸到水边，溪流绕过岩石潺潺而下，风景极其优美。

某天晚上，一顶轿子自城里赶来。轿中走出一位看似武家妻女的年轻女人，随即消失在门内。

此时距岭冈兵库归家途中遇袭，已过半月。事发后，兵库一直在水垣的别墅静养。那位看似出自武家的年轻女人，于次夜又乘从城里召来的轿子返回。

知晓此事者，唯有当时一起随行至别墅的家臣多田究一郎、弥五郎，以及两位女仆。知晓那女人身份的仅有多田一人。弥五郎是事后很久，才偶从多田口中得知那女人名字。

"德兵卫那老头装傻，其实他还给岭冈家送过信，知道不少事。"

"就只有一次？"

"嗯？"

"我在问我母亲去岭冈的别墅是不是只有这一次？"

馨之介冷冷问道。

就在此时，馨之介的脑海恍如闪电掠过般，复苏一段旧日的记忆。

那同样是一个夜晚。馨之介和母亲立于式台[1]，一起目送某人离开。他没有看到目送的那人的脸，只看到那人的白足袋和黑色鞋带的皮履。母亲手持蜡烛，烛光照亮那人脚下。奇怪的是，母亲的装束近乎淫荡，凌乱不堪。衣衫下摆不整，露出红色内衣，这画面鲜明烙印在馨之介的记忆里。

他曾多次回想起这段没有前后脉络，就像被单独切割下来的记忆。每次，馨之介都理所当然地认为，母亲与他一起送别的那双鞋的主人，就是父亲。

然而此刻，这段记忆却带着不同的色彩苏醒。那人会不会就是岭冈兵库啊，他暗想。记不得那是自己几岁时候的事，但如果那男人真是岭冈兵库，波留与兵库之间在某个时期，恐不止是一次的关系。这段记忆中强烈的淫靡色彩正是证明。

“我可以走了吗，大人？”

弥五郎起身问道。“可以走了。”馨之介说完，心中生出一股癫狂，即将爆发。出于对此的恐惧，馨之介抬手挥了挥，又说了遍“赶紧走”。

---

① 门口处稍微低一层的木板地面。

“担心得要命，真是吓死，一时还以为自己要就地交代。”

弥五郎用无赖般的语气说，像是故意似的，在盯着某处不动的馨之介面前舒展了下身体。

“所以嘛我不想说。”

弥五郎同情地看着馨之介说道。

“说出来对谁都没有好处，嘿嘿。讲了只会让大人您难堪，所以才打算沉默到底，装作不知道。”

丢下这番话，弥五郎转过巨大的身躯。馨之介的内心，像是有什么东西猛地咔嚓断裂。

“弥五……”

“啊？”

“你这混蛋有妻儿吗？”

回过头来的弥五郎，脸色骤然僵硬，眼角上扬。他大喊，“大人，这可不行”，向道路方向狂奔。

两个男人横穿草地，如同赛跑般飞奔，月光照亮这异常的光景。馨之介追上弥五郎，听着他急促的喘息，超过他在前方停住。弥五郎用手按住被砍伤的侧腹，继续奔跑，少顷后他乍地停下，扭过头看向馨之介。

像是什么重物被抛出般，随着一声钝响，弥五郎的身体滚倒在草间。

六

“怎么这副打扮？ 搞什么名堂？”

馨之介在茶室一露面，波留瞪大眼睛，责备道。

“母亲。”

馨之介站在门口，用腰间手帕拍打衣襟，而后步入房间，像个顽劣公子哥般盘腿坐在榻榻米上。

波留皱起眉头，放下手中的针线活，伸直了背。

“听说水垣岭冈的别墅，风景很好啊。”

波留依然保持直挺的坐姿，一动不动，但灯光下，她的脸上霎时失去血色，变得如同面具般毫无表情，这一切都被馨之介看在眼里。

绝望将馨之介的心一点一点涂抹成黑色。他本不曾怀疑弥五郎所言真假。然而，不能说馨之介心中没有这样的期望：当他质问母亲时，母亲能毫不迟疑地否认，或是巧妙敷衍过去。但仅凭“水垣”一词，波留便如被箭射中的鸟儿般脸色惨白。

无法遮掩的不堪真相赤裸裸暴露在眼前，波留没有试图辩解，只是呆坐在那里。馨之介感到，面前坐着的不再是严厉的母亲，取而代之的是一个愚蠢且不知廉耻的中年女人。

“看来，那些传言是真的了。”

波留似乎在询问般微微侧头。那样子像极了一只小鸟。

“是，暗中有这样的传言，母亲您没听说过吗？”

波留的脸颊瞬间涨红，但很快又变得苍白暗沉。

“究竟为了什么？”

沉默良久，馨之介起身问道。

“是为了葛西家的名誉？还是为了我？”

“……”

“或是为了您自己？”

馨之介转身欲离开，回头望了一眼。波留那异样的面容刺痛他的眼睛。她的脸色灰白，眼周泛青，如黑洞般的双眸望向馨之介。波留已然是个老妪。

波留嘴唇颤抖，声音微弱地说道。

“都是为了你。”

“真是愚蠢！”

馨之介即刻冷冷回道。狂暴的愤怒在他心中翻滚。

“因为这事，二十年来我一直被人轻视。更让人无法忍受的，是我最近才对此有所察觉。”

馨之介又一次回过头。

“今晚，我杀了一个人。”

出至屋外，寒凉的夜气和秋日的清辉包裹住他的身体。馨之介缩着身子，迈步向前走去。

他的脚步朝向坡下德兵卫的店。若弥五郎之言可信，那么德兵卫也欺骗了自己，但馨之介并没打算要责怪他。他只想喝酒。喝得酩酊大醉，或许能让自己对母亲日益积聚的憎恶消散几分。

他并不责怪母亲求生。而是想到年轻时曾在城下被誉为美人的母亲，将美貌用作保命的手段，这让馨之介感到深深的悲哀。

馨之介也设想过这是岭冈兵库提出的条件，但这种辩护也因那个久远的记忆而被彻底击碎。母亲目送男人，举烛为其照亮脚下的情景。在那段记忆中，母亲站在那里，对于身上散发送别情夫的放荡女人气息，丝毫不加掩饰。男人是岭冈兵库的这种猜疑，已经不可动摇。深夜造访一位年轻貌美的寡妇家，当时的岭冈确是能做出这般大胆的举动。

沿路商铺几乎都打了烊，唯有德兵卫的店门还透着微弱的灯光。

一进门，坐在入口地板的阿叶“哎呀”一声站了起来。声音引得角落里两个商人模样的男人抬起了头，但很快又低声继续他们的谈话。店里只有这二人在喝酒。

“给我来些酒。”

馨之介坐在桌前说道。阿叶答了声“好”，凑近过来。

“少爷，您这是怎么了？”

馨之介冷淡避开阿叶探询的视线。

“拿酒来，阿叶。”

“少爷，这里不行。”

阿叶低声说，接着蓦地提高声音：“感谢您经常光顾！”后又喊道：“小菊，结账了！”两位顾客站了起来。自后厨走出一个系着围裙的年长女人，她瞥了馨之介一眼，遂向客人走去。阿叶在她背后说：

“把店关了吧。”

馨之介被招待到二楼房间，地方虽小，却也设了一处壁龛，挂着一幅显然是便宜货的山水画。画下放置一尊同样廉价的陶瓷布袋和尚，笑容满面地鼓着肚子。

阿叶端酒过来，问道：

“老爷子已经睡了，要叫他来打个招呼吗？”

“用不着，有酒就行。”

馨之介递出酒杯。

“你要是想休息就回去。我自己喝完就走。”

“好不容易来喝酒，却说这种话，少爷您真是的。”

阿叶笑了。一笑她那略带“三白眼”的眼睛变得细长，脸颊到颈部散发着似可嗅见的诱人妩媚。她解下围裙，麻利卷好，娇柔地说：

“我陪您，一整晚都行。您不嫌烦的话。”

阿叶喉咙里发出“咯咯”的轻笑。

馨之介默默喝酒，只有阿叶在不停言语。阿叶的话题变来变去，一会儿是她在秋田城下做女佣时候的事，一会儿是店里常客的闲话。

下楼取过几次酒后，阿叶抱着一个一升的大酒壶回来。

“还要喝吗？”

阿叶站着询问。馨之介抬起苍白的脸看向阿叶。他感到浓浓的醉意在体内沉淀，但意识依然清醒。反倒是陪他的阿叶，身子有些摇晃。

“还要喝。”

“到底怎么了？”

阿叶一下子瘫坐在馨之介身旁，用那双“三白眼”看着馨之介。她似乎没有注意到自己膝前的衣摆敞开，露出红色的内衣和白皙的膝盖。阿叶向前倾着身子说道：

“是不是遇到什么不顺心？我从一开始就看出来了。说吧，都告诉阿叶。”

“和你说什么也解决不了。”

“少爷您真是小看人家。”

阿叶撒娇着说，用肩膀碰了碰他。馨之介伸手抓住她的肩膀。这是他自己都未料到的举动，可一旦这样做了，馨之介眼前一黑，像是倏地陷入失明般，只能嗅到阿叶身上甜美的香气。阿叶“啊”地微张嘴望向馨之介，身体突然软了下来，沉沉倒在馨之介怀里。

“把灯熄了。”阿叶小声说。

馨之介感到阿叶的体香充斥着他的鼻腔和肺部。探寻的指尖，触碰到的是女人躺在那里起伏有致、敏感战栗的胴体。黑暗中，女人温热又柔软的呼吸，让人心神摇荡，馨之介感到自己被推向深处，逐渐沉溺沦陷。

两人的身体尚未分开，馨之介紧皱眉头。女人的身体，如狂风暴雨过后，余风吹拂草叶般，留下微微颤动。

黑暗中自己紧拥女人的样子，唤起馨之介心中不快的联想。为摆脱这难以忍受的丑恶念头，馨之介伸手探向女人的胸部。

“别这样，少爷。”阿叶低声制止。她似乎察觉馨之介的动作失去了温柔。阿叶用力从馨之介怀里挣脱，快速整理好衣衫，伏在榻榻米上，在黑暗中急促地喘息。

点亮灯时，阿叶的表情已变得平静。她抬手整理散乱的头发，问道：

“发生什么事了？”

“想要你对我更温柔些。”

“……”

“今晚果然发生了什么事吧。”

“抱歉。”

馨之介说。想要对阿叶身体施加暴力的那股疯狂情绪，就像潮水退去般已无影无踪。馨之介无法直视阿叶的眼睛。

“没关系呀，即使少爷不道歉，我也还是喜欢少爷。”

馨之介站起来，阿叶将额头贴在他背上，小声问：“少爷还会再来吗？”

回到家时，屋内漆黑无光。

像是雨前蛙鸣，一丝不祥预感掠过馨之介心头。漆黑中一片死寂。

走进玄关，馨之介闻到血腥味，但并未慌张。他缓缓打开茶室的拉门，里面只是笼罩着浓重的阴沉，毫无人的迹象。馨之介点亮灯，提着灯拉开更里面房间的门。

让人窒息的血腥味弥漫在空气中，房间里波留抱着双膝向前俯倒在地。

波留死去的面容平和安详。馨之介从她冰冷的手中取走匕首，解开绑在足踝和膝盖的绳子，让她平躺在地上。馨之介再次摸了摸波留的脉搏，片刻后放开手站了起来。

他要去见贝沼金吾，接下刺杀岭冈的任务。

七

一个女人快步走来。

手中提着的灯笼照亮她裹着的头巾。看上去不像是平民家的女人，更像是武家妻女，但身边未见侍从随行。馨之介从五间川对岸，屋宅土墙间的狭隙暗中观察。

大手门前这附近，聚集藩内达官显贵们气派的宅院。水尾家老和岭冈兵库的府邸都在其中。

金吾探查得知，兵库尚在城中，预计晚八时议事结束后返邸，应会在两刻钟后经过此地。

提灯女人走近时，馨之介将身体掩藏在土墙的阴影里。灯笼的光亮掠过约三尺宽的空隙。父亲也曾如此藏身于黑暗中等待岭冈吧？馨之介心想。

金吾怎么还没来？

他咂了下舌站起身时，墙壁的间隙处有光亮透进。又有人经过。

他紧紧注视前方，这次是从相反方向，一盏灯笼从鼻尖前缓缓走过。馨之介“啊”的一声站起。刚未注意到的那灯笼上的家徽，竟是贝沼家的。

“菊乃小姐！”

压低声音的呼喊传到裹着头巾的菊乃耳中。她停步吹灭灯笼，返身小步跑来。

“怎么了？”

菊乃忽地扑入馨之介怀中。

“哥哥不会来了。”

菊乃终于抬头，颤声低语。馨之介看着她，严声问道。

“为什么？”

菊乃摇了摇头。

“我一直在旁偷听，他们说有葛西一个人就足够。”

“是谁这么说？”

“是父亲。家老大人和野地大人也在，父亲和他们通报了决定今晚在这里伏击岭冈大人。”

“金吾呢？”

“我出来前，哥哥也在家。不只哥哥，还有其他五六个年轻家臣，和父亲在不同房间，哥哥和他们似乎在商量什么。”

“……”

“不能逃走吗？”

菊乃吓坏一样又再次扑进馨之介怀里。苍白的脸上虽然看不清表情，但她的身体却在不住地颤抖。

“父亲他们一定在谋划什么，要把所有责任都推给您一个人。请逃跑吧，如果您逃走的话……”

菊乃喃喃地说。

“我也会跟您同去。”

“别说傻话。”

馨之介回道，但他感到阴暗的疑云正在内心逐渐扩散。

“菊乃小姐。”

馨之介松开菊乃的手说。

“感谢你前来相告。但今晚之事，我有一个人也不得不去完成的理由。倘若我能成功且能活着的话……”

馨之介的话音未落，见大手门前的黑暗中突现五六盏灯笼的光。

“快走吧。有人来了。”

“不能放弃吗？”

“不能。”

“那我去您家，在那儿等您。”

“好，快走。”

听着菊乃的脚步声消失在背后的黑暗，馨之介缓缓拿出束袖的带子系上，手握刀柄，紧紧贴向墙角的阴影。

灯笼的光渐近。过五间川时，灯笼尚有五盏，但现在朝河岸这边移动的，仅剩一盏。

走这条路的，除岭冈兵库外不会有他人。如风袭来一般，馨之介脊背骤感寒意，牙齿也不住打战。他轻轻跺脚，左右扭动脖子疏解紧张，随后步入大路。

灯笼缓缓越靠越近，距离三间远时对方似乎注意到馨之介的身影，便停了下来。围绕光亮有三道人影，他们边看向馨之介，边互相耳语几句，后将灯笼递与一个高个子，余下二人护于其前。灯笼印有岭冈家家徽，馨之介确认无误后遂迈步上前。

其中一人喝道：“你是何人？”

“在下前来索求一物。”

馨之介大步逼近。

“我来取岭冈大人性命。”

三道人影乱作一团匆忙向后退去，灯笼的光也随之晃动不已。馨之介抓住这一瞬，身体紧贴地面冲了过去。

“大胆逆贼！”

左侧男人大喝一声，扭身拔刀，却被馨之介抢先一步，刀光一闪，斩裂对方腰身。

馨之介正欲转身踢开倒过来的对手身体时，耳边忽闻一声凄厉刀风。他好不容易侧头躲过，冰冷触感掠过脸颊，留下一阵剧痛。馨之介甩头立稳身形，眼前是方才那一击之后，缓缓将剑收回青眼[①]之式的敌人。这人正是刚刚上前护于右侧的那名体魄魁伟的侍卫。

“大人，这里请交给我。”

那人声音镇静地催促岭冈。但岭冈未动，他高举灯笼，在墙角观察情况。看来他对这个男人的武艺极为

---

① 剑术中的一种防御姿势。

信任。

馨之介从青眼剑式慢慢抬高剑锋。当他意识到岭冈仍在，而正面敌人的架势出乎意料地坚固，明白唯有通过自身制造破绽，方可扰乱局势。

馨之介一边估量着危险，一边将手臂抬高至肩膀，敌人果然猛然斩来。这压上体重的一击，精准瞄向馨之介留下的罅隙。馨之介在最后一刻横闪避开，向对方扑来未及收回的身体给予迅猛一击。第三击不留余地，剑尖传来划破皮肤的触感。

“大人，速回府上！”

好不容易又摆好青眼剑式的男人大声喊道，声音急促紧迫。此时他也意识到馨之介不是寻常的对手。岭冈兵库依然未动。

那男人快速看了一眼岭冈，从远处再次迅速逼近。只见他将剑举过头顶，气势如同巨山倾崩。显然想以此招分胜负。

馨之介亦蓄势而上。似欲划破夜空般，两股剑气首次交错，二人以猛烈的速度擦身。交锋的瞬间，那男人的剑以要劈开地面之势猛烈挥下，而馨之介身形灵活地紧贴其侧身，似向前倒下般从他身下穿过。

一声沉重的闷响，男人倒地不起，馨之介没有回头看，而是径直向岭冈兵库走去。他的左袖被划开一道口子。

岭冈兵库见馨之介靠近，扔掉灯笼，缓缓拔出刀。地上的灯笼，火势凶猛地燃烧起来，赤色火光的照映下，浮现出高大、白发的海坂藩中老的身影。

“是谁指使？大仓、水尾，还是田部？”

兵库沉着问道，作为中老，显然他敌人众多。

“还是再想想。”

兵库举刀，继续缓缓言道，声音老迈而沙哑，但中气十足。

“我若死了，藩就会灭亡。”

“这是你我的私人恩怨。”

“什么？”

“我是葛西源太夫之子，馨之介。”

兵库像是确认一般审视馨之介，但他的脸上只是浮现出困惑的表情。

馨之介刹那间明了，这个男人已将一切遗忘。父亲自不必说，因为那段记忆日夜难安、由于被发现而结束自己生命的母亲，也未在这个男人的记忆中留下一粒尘埃。

地面上的火光最后一闪，将兵库那困惑的表情也封入黑暗。

在那黑暗中，兵库发出迷茫的声音。

“葛西？不知道。”

“抱歉。”

馨之介的剑直刺兵库胸口，随着愤怒的涌动，剑尖更深地剜进他的肉体。被刺中的兵库挥刀反击，但在刀还未触及馨之介身体之前，便重重地倒在地上。

馨之介跪下，确认兵库的死亡，正要站起时，忽而一道火光在暗中闪过，照亮馨之介那凄惨的身影。

馨之介本能地举剑面向光亮方向，突有人自右侧猛砍过来。他后仰躲避，发现四周环绕獠牙般寒光闪闪的白刃。

“你们是什么人？”

馨之介警惕持剑，低声喝问。敌人都蒙着面，只有阴森的眼睛在寻找馨之介的破绽。来者有七八人之多。

方才躲过那一剑的凶猛气势，加之四肢的疲惫，令馨之介陷入被动。这样下去会命丧在此，馨之介心想。他慢慢地转动身体，背倚五间川，菊乃的话倏然回响在脑海。

“父亲他们肯定在策划什么阴谋……”

这就是他们的阴谋，馨之介暗想。当他疑惑这样做的原因时，不禁咬牙发出低吼。犹如一幕幕帷帘接连揭开，水尾一派所谓阴谋之全貌一瞬展现在眼前。

虽然岭冈兵库须被除掉，但绝不能留下任何是水尾家老动手的痕迹。须将痕迹尽皆抹除。若能封住馨之介之口，并称他是因父亲源太夫横死的私怨而刺杀岭冈，其尸体就会成为最有力的证据。

暗杀岭冈兵库的人选，没人能比馨之介更合适。接下来就像清洗脏污的双手一样，只需抹去这个暗杀者。这样一来，藩政的实权将顺利转移到反岭冈派手中。

也许……

馨之介一闪念，父亲源太夫可能也是水尾家老阴谋中的一枚棋子。土地测量改革时，与岭冈兵库对立的一派到底是谁，馨之介不甚明了。但确凿无疑的是，水尾家老也在其中。

最后一层薄如轻纱的幕帘背后，隐约浮现出一个阴暗的场景。岭冈虽受伤但得以逃走，不知所措站在那里的源太夫周围，数个黑布蒙面的人影悄然逼近。

“我不会让你们得逞。”

馨之介低声说。满腔怒气让四肢又充满战斗的力量。

“金吾！”

馨之介用与怒气正相反的冰冷语气说。

“我已看穿了你们的计谋。来吧。”

馨之介抽出小刀，旋身向灯笼掷去。伴随“啊”的一声，和灯笼破碎的声音，光线熄灭，馨之介猛地砍向右侧的敌人。

左臂传来一阵剧痛，但在此之前，他感到落下的刀刃已经重重砍进对方的肉体。挡开背后紧追不放的刀锋，馨之介突然奔跑起来。

“不能逃走吗？”

耳边响起菊乃怯怯的声音。自己无须纠缠这种肮脏的阴谋，馨之介心想。脚步声紧跟其后，似乎只有两人。黑暗对逃跑者有利。

馨之介奋力奔跑，仿佛要将身体融进这无星的漆黑之中。馨之介感到，一直以来裹在自己身上的那层武士的外壳，正一点点剥落。

他继续向前，不知不觉间脚步转向与家相反的方向，朝着德兵卫的店奔去。

仅此一击

一

第三个上场的樋口幸之进捂住手臂倒下时，年轻武士们的观战席位上一片哗然。樋口顽强地试图起身，虽一度已支起膝盖，但突然向前倾倒，随即不再动弹。

比试变得极其惨烈。

之所以如此，是因为毫无预兆地，藩主宫内大辅忠胜前来观看今日这场试技。这不论是对于作为对手的年轻侍卫们，或是对于希望通过试技得到任官机会的浪人[①]清家猪十郎来说，都变成了一场意想不到的不幸。

谋求仕官者，会出示在之前所侍藩中获得的知行宛行

① 离开主家失去俸禄的武士。

状[1]或黑印状[2]等待遇证明，或是记载战场勋劳的功绩簿，再或者特别提出自身有高人一筹的技能，以试图尽可能地抬高身价。此等情况下，偶尔也会对声称精通剑术的人进行武艺测试。即使如此，试技通常也只进行一场便罢。

意想不到的不幸在于，藩主忠胜观看首场比试后，不知何故带着怒气命令继续比试。鹤冈城二之丸[3]内马见所[4]前的广场，遂被异样的气氛所笼罩。

这种异样，不仅是因为通常进行一场的浪人录用试技，已连续进行三场；更是由于清家猪十郎这位浪人的咄咄逼人。第一个对手，近习役[5]半田弥助，胸口受击口吐鲜血；第二个对手，御旗组[6]的年轻武士濑尾林之丞，则被折断一条腿。

---

① 指主君将土地及其收益作为俸禄分配给家臣时，所颁布的证明文书。

② 指从日本战国时代到江户时代，将军、大名、旗本等以墨印押印后颁布的文书。

③ 日本城郭中的一个部分，指的是城堡的第二重防御区域，通常位于本丸外侧。

④ 用来观赏马匹或者举行赛马、训练马匹等活动的场所。

⑤ 指侍奉在主君旁侧的近侍。

⑥ 指江户时代幕府或大名直属的精锐部队或护卫队，通常负责守护主君、护卫城堡以及在战争中担任先锋。

—— 那只手，已经废了。

担任裁判的剑术教头菅沼加贺目送被同伴抬走的樋口幸之进，见其右臂像某种柔软的异物一样，无力地垂下，悠来晃去，于是做出如此判断。

加贺朝走廊方向看了一眼。

忠胜依然在场，随意盘腿而坐，面露愠色，看上去没有要起身的意思。加贺无法辨别他是在为藩中年轻武士们的不堪一击感到愤怒，还是对清家猪十郎目中无人的态度感到憎恶。

忠胜旁侧，坐有担任支城①龟崎城城代②的家老松平甚三郎久恒，以及组头高力喜左卫门。喜左卫门为今日比试监场；而甚三郎久恒则因公务暂驻主城，适逢今日随忠胜巡视二之丸东南建造角楼的地盘，在归途中决定前来观看比赛。

自忠胜命令进行第二场比试起，喜左卫门便一脸愁容，退到忠胜斜后。当第三场比试以樋口的惨败告终时，喜左卫门忽显坐卧不安，频频干咳不止。喜左卫门的神

---

① 指日本城郭系统中的辅助城，通常建在主城周围，用于支援主城的防御。

② 职位名称。确保城的安全，处理城内外行政事务、指挥驻守士兵的高级武士或官员。

情，显然是希望比试能就此结束。但既然忠胜并未离席，他也无法制止。

秋日泛白的阳光洒在广场的一隅。这里被不寻常的杀气所笼罩，其间却有两人神情自若。

一人是松平甚三郎久恒，另一人是正在比赛的清家猪十郎。

当加贺的视线投向甚三郎久恒时，后者含笑轻扬下颌，示意比试继续进行。

加贺转过身，看到候补的年轻武士中，斋藤喜八郎站了起来。他已用白布束衣，并系好钵卷[①]。

“别冲动！”加贺急忙劝说。

喜八郎是个没有官职的武士，因修习武艺特意前来观摩今日的比试。他本没想到自己会参赛，但目睹藩内以剑技闻名的三位年轻武士皆惨败于清家这个浪人之手，又实在无法袖手旁观。

他并非在菅沼加贺的道场门下，但在代官町的一刀流陶山市兵卫道场担任代授师父。关于他的身手，加贺也

① 一种传统的日式头巾，用来包裹头部。除吸汗、防止头发遮挡视线等作用外，也象征武士的精神力量。

有所耳闻。

“且慢！”加贺再度制止，并环顾在场二十余名年轻武士。他并非怀疑喜八郎的技艺并在物色其他人选，而是逐渐清楚地意识到：无论派谁上场，结果都一样。这让他犹豫是否该让喜八郎出战。

但忠胜正注视此处，而作为监场的喜左卫门已放弃职守，因此不能再继续拖延。

“不要被对方动作迷惑。”加贺只此一言告诫。他想喜八郎看过前几场比试，应该已有对策。

回到裁判位置后，加贺向忠胜颔首致意，遂转身宣布：“进行第四场比试。”随后举手示意喜八郎和猪十郎上场。

从广场角落的草席上，清家猪十郎缓缓起身。

喜八郎向忠胜恭敬行了一礼，而猪十郎则毫不理睬马见所方向。他眯着双眼的锋利视线，直射喜八郎，而埋在胡须里的嘴角随即露出一抹嘲讽意味的笑容。

猪十郎身着绣有家徽的黑色和服，像是借来的一般。生着浓密汗毛的上臂几乎都裸露在外，胸口大敞，可以看到隆起的肌肉，几乎要把衣裳撑破。他看上去四十多岁，是个身形魁梧的巨汉。

猪十郎右手持木剑立于草席之上，向喜八郎毫不客气地喊道。

“我得事先声明。”

“……”

“残废了也不要怪我。”

喜八郎默然不答。他步入广场中央，摆出青眼剑式，脚尖轻轻踮起。

猪十郎依然按兵不动。他往手里吐了口唾沫，再度握紧木剑，目光更加紧锁在喜八郎身上。

喜八郎立于阳光下，投下一道清晰的影子，越加茕茕而无依。

“嗬！”

猪十郎猛然发出一声嘶吼，声音震动了干燥的空气。他蹬地一跃，以八双[①]剑式起，像斩草一般左右挥动木剑，冲向喜八郎。木剑划破空气的声音在广场上回响，令人不寒而栗。

喜八郎仍保持青眼姿势。待猪十郎那庞然身躯占据整个视野时，喜八郎感到对方已进入攻击范围，便全力挥

① 剑术中的一种进攻姿势。

动木剑。

木剑相击发出脆响。喜八郎的木剑应声折断，碎片反射着阳光飞散开来。

他将剩下的剑柄掷向对方，紧接着向后大步一跳。猪十郎的剑毫不留情地正面迎击，先前一剑右扫劈断喜八郎的木剑，随后从左侧挥来，带着风的呼啸狠狠砍在喜八郎右肩。

喜八郎双膝一软跪倒在地，强忍痛楚向忠胜点头施礼，随后按着右肩站起身来，脚下如醉酒般踉跄，几近不支。

他的脸色如纸一样苍白。场边两个武士疾步上前，扶住快要倒下的喜八郎。

猪十郎静立一旁冷眼旁观，片刻后收起木剑，抬起右手拭去鼻涕。他仍没有看向忠胜，径自转身，慢步回到他的席子上。忠胜气急败坏地站了起来。

“甚三。”

忠胜满是怒气的脸黑里泛红，他看向甚三郎久恒说道：

“我不喜欢那野猴子，给我狠狠教训他。”

“遵命。”

“看那家伙痛哭哀号，定会极为愉快。”

“所言极是。”

甚三郎乃忠胜叔父，是忠胜祖父忠次的第七子，曾与忠胜一同参加过大坂冬、夏两战。甚三郎深谙既是君主也是侄子的忠胜脾性。他不加反驳，只是报以淡然一笑。

忠胜留下粗重的脚步声，迈下外廊，看也没看喜左卫门一眼。

二

命人将清家猪十郎带回推举他的千贺主水府邸并遣散年轻武士后，甚三郎久恒、高力喜左卫门和加贺三人留于外廊，凑坐一处。

喜左卫门开口道：“家老大人，我不过是比试的监场，职责已尽。”

“我会先向本月当值的水野大人通告今日始末。”

“那样最好。”

甚三郎说。九月正是水野家老执勤，新人的招揽雇用也基本由他定夺。忠胜只需做出最终的应允。

“但你也看到，主公心情不佳。对那个叫清家的，最好暂时搁置他的任命。告诉水野，这是我的意思。”

“真是麻烦，清家那样的武艺，早该毫无异议地给予合格。”

喜左卫门语带怨愤。

“水野大人可能会说我们办事不力。”

“那也没办法。”

“莫非须再设一场比试？”

“应是如此。”

“真是多此一举。”

喜左卫门低声埋怨。他似乎还没有觉察，猪十郎的比武已经偏离单纯的录用试技。喜左卫门离开后，甚三郎对加贺说：

“事情变得不妙啊。”

“是，的确如此。”

“主公似乎不喜此人。但如果清家在比试中展示高超的武艺，却还是不能被录用，主水必会有微词。”

“是，极有可能。”

“主水厌恶不按常规不合情理的事，即便对上面也毫不留情面。”

“这样看来，再比试一场恐怕无可避免。”

“正是这样的情况。我也不想引起争端。若再比一次那家伙败了，事情就好解决了。”

“……”

“可有人选？”

“看来只能由我迎战。”加贺说道。

将至午后四时，庭院静谧而明亮，偶有落叶轻轻作响。在这光线中，加贺留着胡须的脸显得有些苍白。菅沼加贺是酒井藩位于信州松代时期被召入的剑术教头，精通传承自鹿岛神道流的有马流剑法。他体魄健壮，年逾五旬，但性情温厚。

“但那家伙使剑毫无章法，可不容易对付。是什么流派？”

“看似胡乱草率，实际上我认为他是去念流[①]。不过……”

加贺略有迟疑。甚三郎默然注视加贺的唇间。

“不仅如此，还能闻到一丝战场上的杀气……”

“哦？”

---

① 日语为“タイ舍流”，指一种剑术流派。“タイ”对应日本汉字“体、待、对、太”的读法，意为舍弃身体、舍弃等待、舍弃对峙，达到本我。根据舍弃所有杂念之意，翻译为“去念流”。

“今天参加比试的人，绝非未经历练的新手，但最终都一败涂地。我认为这可能就是其中的区别。”

“是气势上的差异？”

“多半如此。”

“你有战场经验吗？”

“不，我没有。不过，应该至少可以拼个平手。”

“且慢。”

甚三郎陷入沉思，忽地又抬起头。

“不是还有鹤卷弓四郎吗？”

鹤卷虽年仅二十，但从少年时起，在剑术上就展示出过人的天赋。因其出众的资质备受器重，十五岁时便奉藩命前往江户的新阴流柳生道场修行，经过四载磨砺，于去年回到藩上。

“弓四郎尚未从松代迁过来。”加贺说。

“那真是遗憾。”

酒井藩于元和八年①自信州松代的十万石领地移封至庄内的十三万八千石领地，至这一年宽永三年②，即迁封

① 日本年号之一，指1615年至1624年之间。元和八年指1622年。

② 日本年号之一，指1624年至1644年之间。宽永三年指1626年。

后的第四年，仍未完成所有家臣的迁移。这是因为最上藩时期的鹤冈城徒有“城”之名，实际上只有粗陋的城墙。酒井藩在入驻初期，必须首先建造本丸[①]，并为十万石的家臣修建宅邸。

藩主忠胜一开始，住在高畑的临时御殿，近来方才搬入本丸，但仍时常往返于临时御殿。本丸中依然不时传来锤击的叮当声。

“还有人没迁过来吗？”

甚三郎感叹道。

“此外，清家看上去像是战场生还下来的人。这点如不考量……”

“战场上活下来的人啊。索性让主公亲自出面，说不定会有意外的精彩对决。”

话至此，甚三郎和加贺都哑然失笑，他们忽然想到忠胜说不定真会这样做。

“有了，还有一个人，加贺。”

甚三郎骤然兴奋说道，加贺有些疑惑地望向他那满脸

① 日本城堡最核心区域。通常是藩主的居住地，中央多建有天守阁，周围设有护城河。

的喜色。

“有个名为刈谷范兵卫的人。”

“哈？”

“你可能没听说过。”

甚三郎脸上自豪的神情，就像是在炫耀自己发现的宝物。

“刈谷在我们藩还在高崎只有五万石领地时被召入，而我是他试技时的监场。此人剑术极为精妙。木剑都好像未触及对方，但已让对方中招。对，就仅用一击制敌。”

“恕我直言。”

加贺说。

“我是第一次听闻藩内有如此剑术高手。不过说到高崎时期的话，那已时隔久远。这位叫刈谷的人，现今多大年纪……”

“说起来……”

甚三郎稍作思索。

“差不多六十。衙署里有个叫刈谷笃之助的人，应该是他儿子。范兵卫可能已经退休隐居，我没听说他过世。”

加贺垂下头，暗自叹息。心想清家猪十郎那般豪放的剑法，哪能是一个腰杆已弯的老人能够招架。

“叫范兵卫的儿子来一趟，我亲自对他说。”

甚三郎内心想着的是权威的问题。藩主也好，家臣也罢，甚至新归顺的农民也都很是野蛮。但甚三郎感到，以暴制衡的时代即将结束。

必须以藩主为中心，整肃纲纪。因此，像清家这种大不敬的浪人姿态绝不能容忍。

三

“公公，鼻涕、鼻涕。”

听到儿媳三绪急切的声音，范兵卫哼唧着用手背抹去像丝线一样挂下来的鼻涕。

三绪把端过来的茶具放在廊上，走下石台阶，迅速从衣兜里掏出纸巾递给他。范兵卫喉咙里发出呜呜声接过纸巾，心里想这儿媳还真是细心。还在松代时，三绪嫁到刈谷家。至今七年已逝。三绪与儿子笃之助相差两岁，今年二十又三。与常年在城中执勤、鲜有交流的笃之助相比，三绪倒更像自己的亲生女儿。唯一的遗憾是三绪未能生育，不过范兵卫想，真生不出的话从哪里过继一个养子便是。

“昨天您捡的石头是哪块？”

“啥？”

“昨天的石头。”三绪提高了声音。范兵卫腰板没弯，腿脚也还利索，唯独耳朵有点背。他好不容易听清三绪的话，终于点头回应：“是这块，清洗后颜色变得更漂亮了。”

在石台阶的正对面，范兵卫用木头做了一个架子，上面摆放着盆栽和石头。盆栽和石头都不是从商家购得，而是范兵卫三年前搬到鹤冈城后，从城下拾得之物。

内川从南至北贯穿城下町，由中心地带流经三之丸的东侧。除此之外，城镇西边还有一条青龙寺川从三之丸的西侧向北流去。鹤冈城虽然建在平地，但巧妙地利用这两条河流作为护城河，使其成为防御要害的一部分。

青龙寺川河边，石头随处可见，沿岸还留有大片的杂木林，挖些树苗回来也不费什么工夫。

三绪嫁过来的第二年，范兵卫就把户主之位传给笃之助，而自己则退休归隐。五年前还在松代时，范兵卫的妻子去世了。他现在的日常生活就是晴日里出门捡石头，回家后便把时间花在石头的养护上。

赞美一番石头的色泽后，三绪招呼公公到外廊这边：“来，喝杯茶吧。”

“嗯，嗯，这茶真不错。”

范兵卫啜了口茶，又从盘里夹起一整块小茄子咸菜塞进嘴里，边嚼边说道。因为牙齿残缺不全，他将含着的茄子在嘴里来回搅动，缓慢地咀嚼。

范兵卫身材矮小而精瘦，脸颊也无肉。每当他在口中移动小茄子，那干瘪脸上的皱纹便随之舒展，唯有眼睛瞪得溜圆，看起来像水里的鱼一样滑稽。三绪以袖掩面，咯咯轻笑。

由于没有孩子，三绪还总如少女般稚气，范兵卫心想。但听到她的笑声，让他感到愉快。

“怎么了，笑什么？”

“那个，我应该把茄子切好再端上来。”

“不打紧，这样吃就很好。是阿力腌的吗？”

因是不过区区八十七石俸禄的小户人家，所以范兵卫家仅有女仆一人，其余都是不住家的男仆。

“是我腌的。”

“味道不错。”

“有句话说，秋茄子不给儿媳吃，您听说过吗，公公？”

“啊？”

“就是说啊，秋茄子很好吃，不是给儿媳吃的东西。但我也要尝尝。”

范兵卫哼唧着，伸出碗示意要再添些茶。

距鹤冈城下町约三十丁[1]的地方，有个叫民田的村子。这里种植的茄子个头小，味道好。春时育苗，初夏移植到田间，六月炎热的时候每日浇水三次。正因为这样不辞辛劳地浇水，茄子的皮很薄，加少许盐腌制后，味道特别清爽鲜美。茄子秧接连不断地开出可爱的紫色花朵，一直到七月底都在结果。到了八月，秧上的茄子数量明显减少，也不再浇水，因此皮会变得很硬。但那时的茄子另有一番风味，让人无法舍弃。

正当儿媳和公公在外廊喝茶聊天时，门口传来了声音。

“我回来了。”

“哎呀，夫君回来得真早。”

三绪急忙起身。范兵卫则还在继续嚼着小茄子，嘴巴不住嚅动。

---

① 日本的一种传统长度单位。在江户时代，一丁大约等于109.09米。“三十丁”大约相当于3.27公里。

片刻后脚步声渐近，笃之助出现在面前。

“我回来了。”

“辛苦了啊。”

范兵卫招呼道，见笃之助就这样坐在廊上，便又说：

“你也来喝杯茶吧，三绪刚刚泡的。”

“不，不用了。”

笃之助虽然拒绝，但未起身，双手放在膝盖上，直视范兵卫的脸。范兵卫斜眼瞥了一下这样的笃之助，但并没有停止嚼茄子。笃之助身材高大，不像父亲，长相也像已故的母亲，五官端正，一表人才。三绪虽然是个鹅蛋脸，眼睛也柔美，但与笃之助并排坐在一起还是稍有逊色。

然而范兵卫有时会觉得儿子精致的模样让人很不舒服。那表情下透着一股冷漠，凡事过于一板一眼，毫无变通。这种性格也是随了他母亲，范兵卫对已故妻子辰枝的这种性格曾感到颇为不自在。

“是有什么事？”

最终范兵卫率先开口问道。

“是。”

笃之助避开范兵卫的目光，似乎陷入苦思歪头说道：

“其实今天在城里，有件奇怪的事……”

“什么事？”

“在此之前我想问下父亲……”

笃之助又歪了歪头。

“父亲，您擅长剑术吗？”

“啥？”

范兵卫把手扣在耳边反问。

“剑术，也就是说这个。”

笃之助提高声音，在面前挥了挥手。

“明白了，作为武士，稍微有点涉猎。”

“稍微吗？”笃之助的表情似乎有些失落。

“家老的说法可不是这样，说您是个相当厉害的剑术高手。”

“什么，家老说的？”

范兵卫终于吃完茄子，停住正把茶碗端起、送向嘴边的手。

“哪位家老？”

“是城代松平大人。”

“哦哦。”

范兵卫言罢，将双膝朝向庭院，仰望屋檐外的天空。他那满是皱纹的脸颊微微泛红。九月末晴朗无云，像深蓝色水底一样的苍穹，无边无际地延展。

“松平大人是这样对我说的。”

笃之助认真观察仰望天空的范兵卫说道。

“今日在城中，为一位欲求官职的武士，进行了一场试技。结果包括大将的贴身武士樋口大人在内，四位武艺高强的大人都接连被打败，负了伤。”

“……”

“但根据主公的意思，决定再进行一场比试。并且这次希望由父亲您来出战。具体情况将由教头菅沼大人来说明。大致就是这样的情况。”

“原来如此。”

“这是怎么回事？至今我从未听说过父亲您擅长剑术，现在仍觉得一头雾水。”

四

菅沼加贺来访是在那晚六时过后。

他自称是作为松平家老的代理前来。

“初次见面。”

加贺一边说，一边细细打量范兵卫瘦小的身躯。

“事实上今日从家老处得知之前，我全然不知藩中有您这样的高手，身为习武之人，实在是汗颜之至。”

加贺虽言辞恳切，但目光中仍隐含一丝不安。范兵卫静坐不语，让人怀疑他是否听清加贺所言。

同席的笃之助终于按捺不住，向前探身说道：

“菅沼大人，请容我说明，家父近来听觉不佳，烦请您稍微再大声些。”

“是这样。”

加贺点头，随后将视线从范兵卫转向笃之助，笃之助的眼睛立刻捕捉到加贺的担忧之色。

“原来如此。”

加贺再次点头，就在此时，范兵卫突然开口：

“不，我听得见。那就请讲讲您的来意吧。”

“此次前来……”

加贺忙将视线又投向范兵卫，转达松平家老之意，希望在下次清家猪十郎的试技中，范兵卫能作为其对手。

“有几件事想确认。”范兵卫抬头道。

“那些被击败的人伤势如何？”

“相当严重。”

“我想逐一了解各人的情况。”

范兵卫言罢，将手掌立于耳后，把脸稍向加贺凑近。

“半田弥助折了肋骨，濑尾林之丞的腿骨、樋口幸之进的右臂皆断裂，斋藤喜八郎则是肩骨被击碎。”

“啊，看来他们痊愈后也多半会落下残疾？”

“恐怕如此。”

“您认为名叫清家的浪人，使用的是哪一派剑术？”

范兵卫说着，像是为能更清楚地听见，再将手拢住右耳。

“我认为是去念流。”

加贺答道，并详细描述了比试的情形。

“难怪。”

范兵卫点头，继而说道：

“那人看似曾在战场厮杀过。”

“正是，其实……”

加贺瞪大眼睛说：

“我也有同感。他的剑法确是极为野蛮。”

加贺此刻的语气已十分激动。

“如何是好？您可有妙策能够对付那人？”

“嗯……不亲自对阵一番，实在难以断言。”

“恕我失礼……”

加贺热切地直视范兵卫那布满皱纹的脸。

“刈谷大人练习的是什么流派？”

范兵卫发出呜呜声，从怀里掏出纸巾，响亮地擤起了鼻涕。不知是没听清加贺所问，还是有意回避不答。

加贺希望能即刻得到承诺，但范兵卫表示，明早让儿子答复。

把加贺送到门口后，笃之助和三绪返回房内，范兵卫正大口吃着客人留下的年糕点心。

“您打算怎么办？”

一坐下，笃之助便迫切地问道。三绪也从旁坐了下来，默默给范兵卫的茶碗里添了茶。

“只能接受吧。”

吃罢点心，嘬了口茶，范兵卫简短且坦然说道。

“接受？那未免太鲁莽。”

笃之助端正的脸骤然紧绷。

“考虑下您的年纪，父亲。至于您精通剑术，今日我还是初次听说。即便您年轻时曾有修习，如今您的体力也不复当年。”

“我的腿脚还很麻利。”

“可刚刚那番话，听起来叫清家的那个浪人，似乎不是一般的野蛮粗暴。这不是一个老人该出面的场合。”

“先听我说。”

范兵卫抬起头，看向笃之助和三绪。在灯笼的光线下，他那双大眼炯炯如炬。

“以前我们藩在高崎是只有五万石的小藩的时候，我就希望能入仕。我们家在甲斐的武田家服侍，从家父那代起就一直是浪人。为了谋一官半职，我甚至去战场卖命，但一直没能得到明主收留。在高崎时，我托关系希望能有个官衔，声称自己精通剑术。我没有任何记录战功的文书，而且家里从父母那一代人就是浪人，当然也没任何封地或俸禄的凭证。”

“……”

“我能依靠的只有自己的本事。那天在城里举行了类似今天的录用比试，我顺利胜出。当时的监场就是松平大人。”

“……”

“那位松平大人还记得二十多年前的事，命我出战。此事我无法推辞，笃之助。”

“如果胜了还好，但倘若输了，可不仅仅是父亲负伤残疾那么简单啊。”

“啥？”

范兵卫将手立在耳边。

“你说输了会怎样？”

“我说，可不只是父亲会受伤那么简单。”

“确实如此啊。”

范兵卫咧嘴一笑，神采奕奕充满生气。

“正是如此，笃之助。从方才的谈话来看，如果输了，上面会颜面尽失，那就要切腹谢罪。如果上面心情不好，我们刈谷家可能就此断绝。你们也要有这样的觉悟。”

“父亲。”

笃之助向前挪动膝盖。

“难道没有什么方法能拒绝吗？即使有些不光彩，但至少不会有损家族的名誉。”

“你说拒绝？我是因为自称精通剑术而被召入的人。也是凭着这句豪言，拿了这么多年俸禄。现在被命令为藩的荣誉使用剑术，我怎么能逃避，你说？”

“那个……”

一直没有言语的三绪打断二人。

“女人插嘴可能不太合适……”

三绪平静说道。

“归根结底，公公您是自己想要出战吧？”

“你休得多言！”

笃之助严厉斥责道，范兵卫“嗯嗯”地轻哼两声，看向三绪。

三绪微微一笑。

“胜负尚未可知。或许公公您会获胜哪。不管怎么说，既然刈谷家已经面临危难，那公公您就依自己的心意行事吧。”

五

那晚，千贺主水归家甚迟，进门便说：“唤清家过来。”脸上满是不悦之色。主水乃是拥有千石俸禄的上士[①]，前些年担任过组头，现已退役。他曾跟随忠胜的父亲家次参加过大坂冬、夏两战，以刚直的人品闻名。

清家猪十郎被召至内厅，主水正立于外廊，望向漆黑幽深的庭院。猪十郎在房门口局促地弓身，说道：“您叫

① 日本封建时代的一种武士阶层的称谓，指的是武士社会中地位较高的武士。

在下？”

主水转身，回到房间，说：“先坐。”

猪十郎并未跪行向前，而是缓步走进屋内。坐下后，其巨大的身姿像座伫立的山。主水本身也是体魄魁伟之人，然而与猪十郎对坐，还是不得不微微仰视。

主水上下打量猪十郎的庞大身躯，忽然拍手示意。对悄无声息跪坐在房间入口，一个名叫田代的老仆人说：

“备些路费，再让人端茶过来。”

“应包多少？”

田代瞟了一眼猪十郎，问道。

“两枚银子应该够他暂时度日。”

两小枚银子在当时足有二十袋米。田代瞪大眼睛，但未多言语退了出去。

“很遗憾……”

主水像马一样呼出粗气说：

“你想在本藩任职恐怕很难。明早即刻离城。”

“……”

猪十郎仅是眉头轻挑。看着他被杂乱红褐色胡须覆盖、晒得黝黑的脸，上眼皮略微上吊的锐利眼睛，以及沉默紧抿的厚实嘴唇，主水忽嗅到一种无法囿于笼中的猛兽般的孤独。他第一次对猪十郎生出怜悯之情，这使得其话语中带有几分愤慨。

“监场高力大人来信说，你的剑技甚为出色。但也由于这个原因，要你再比试一次。今晚我因此事前往松平大人那里，听闻这是主公的意思，简直荒谬至极！”

主水拜访松平甚三郎，与之激烈争执一番后方才返回。

由于已从高力喜左卫门的来信得知情况，所以主水一开口语气中就带有明显不悦。

“打败藩内四位知名武士，还要再比一次，这是怎么回事，请给我一个合理的解释。”

“品性也很重要，再比一次就是为了观察这方面。”

甚三郎平静答道。

“说什么品性也未免过于牵强。将我们藩置于庄内，江户的意图是希望我们能够钳制北方的旁系诸侯。新招募的武士因此首先要武艺出众。那个男人拥有正符合我们招募主旨的才干。”

“武艺固然很出众，可是那人的言行举止不够得体。身为武者，礼数也很重要。”

“什么品性礼数，留待后宫的女人们去操心。清家猪十郎的价值，断不能用此等标准来衡量。”

主水气急败坏，但甚三郎面不改色，任凭主水尽情抱怨后，他开口说道：

“再比一次，可是主公的命令，千贺。”

“……”

“你还要反对吗？若执意反对，我也有相应之策。”

甚三郎直视主水，挺直腰背。因其清癯的外表及谦和的举止，甚三郎通常被视为以文治为本的管理者。

此刻，他褪去笑容、注视主水的威严目光，不由让主水脑海闪过他的另一面 —— 作为当今藩主的祖父忠次公的第七子，在大坂冬、夏之战中冲锋陷阵的武将英姿。

片刻沉默之后，主水说道。

“不，我无意违抗主公，仅想表达我的立场而已。”

“很好，我了解了。”

甚三郎冷淡回应，随即继续说道：

“在召唤那家伙之前，务必对其严加看管。”

甚三郎送主水至玄关。家臣伸出烛火，主水边穿鞋边问：

“下次比试的对手是谁？”

“刈谷范兵卫。”

“刈谷？ 是我们藩里的人？ ”

“当然。对了，还有一事……”

面向转过身来的主水，甚三郎像是想起什么似的说：

“今日比武中手臂被折断的樋口幸之进，听闻刚刚切腹自尽。他留下遗书，说即便康复也无法再为主公效力。”

“这真是……”

主水语塞，少顷轻轻点了两三下头。

那一刻，主水心中已明，清家猪十郎的仕官之路，恐怕就此无望。

“一场比试本该足够，连比四场实乃上面之过。”

主水将田代拿来装银币的钱袋放在猪十郎面前，语带怨愤说道。

“不过，你做得可能太过，应该稍微收敛一下。”

“在下不要这个。”

猪十郎突然开口，声音粗哑如渔夫。他一边把钱袋推回给主水，一边面无表情地继续说：

“恕我直言，武林之中没有手下留情。一旦交手，不论真剑还是木剑，都是同样。”

“哦？ ”

主水抬起眼，重新审视猪十郎那如磐石般的巨大身躯。

“也许你说得对。不，武士就应如此行事。”

他突然对眼前这个男人感到惋惜。主水打算让猪十郎明早离开的心思里面，有对忠胜和甚三郎的反抗。或许他会因此受到责备，但那时他打算一口咬定猪十郎是在他不知情的情况下逃走。如果因此受到上面更多的责罚，他也甘愿承受。

“猪十郎，拿上钱。”

主水说。

“恐怕下一次的比试，他们会挑选藩中最顶尖的剑客来击败你。没有必要接受这个挑战。你做的没有错，可以堂堂正正地离开。”

“所以是让我逃跑？”

猪十郎反问。

“简而言之，是这个意思。没有必要再继续纠缠。即使你再赢一次，我也不认为他们会任用你。”

“……”

“情况已经如此。”

“宁死我也不会逃走！”

猪十郎几乎是在怒吼。主水仿佛看见他埋在胡须中的嘴里一瞬间露出的鲜红喉结。

“我已经放弃被任用。但被告知要再比试一次却临阵脱逃，就无法维护自称武者的荣誉。我愿意接受挑战。”

“这样。”

主水将视线投向昏暗的庭院，他似乎窥见包裹眼前这个巨人的悲剧性格，心中陡然生起一丝晦暗的情绪。

“接下来的对手是一个叫刈谷的人。”

主水忽然忆起，对猪十郎说道。

“刈谷？名字是什么？”

“说是叫刈谷范兵卫。”

“看来是一位剑术高手啊。”

“不过……”

主水侧头沉思。被猪十郎如此一问，此前在松平家老面前感到的疑惑又再次盘踞心头。

“不过我从来没听说过这人。虽然肯定是我们藩里的人。”

六

三绪端来茶时，范兵卫已背对门熟睡。

他直接躺倒在榻榻米上，背部弓起，膝盖蜷缩，睡姿犹如孩童。如若丈夫看到，肯定会抱怨公公没有规矩。想到此处，三绪本想轻笑，但忽然眉头一皱。范兵卫睡姿中清晰可见的老态刺痛了她的心。

公公究竟作何打算？—— 自三日前，三绪的内心就一直被这个问题所占据。

菅沼加贺来访的翌日清晨，范兵卫托前去执勤的笃之助转告加贺，他接受与清家猪十郎的比试之托，但请求延期十日。

今日已是第三日，这期间范兵卫没什么特别变化。仍如往常照料盆栽，细心给石头洒水，厌倦时就搬出书桌，翻阅旧书并在上面批注。总之，日子依旧如故 —— 这种平静让三绪感到不安。

那夜菅沼加贺来访，三绪在公公的表情中捕捉到某种自她嫁入刈谷家以来从未见过的光彩，三绪瞪大眼睛注视此景，心中懊恼丈夫笃之助对此全然未有察觉。

公公是位隐世的剑术高手，将一击制伏那个熊一样的浪人。三绪心中满怀少女般的期待，为已经洞察真相的自己感到自豪。依三绪所想，范兵卫自答复菅沼加贺的那日早晨起，就应该到院子里开始挥舞木剑。

她轻叹了口气，准备拉上门。笃之助的担心不无道理，是三绪高估了公公。同时，笼罩着这个家的黑暗命运，也无情地压在她的心头。

“是三绪吗？”

猝然传来的声音让三绪急忙松开了门。

“茶吗？拿来吧。”

范兵卫起身，面朝离日暮还有段时间但仍明亮的庭院，伸展双臂打了个哈欠。

“睡得真好。”

“您睡得很香。”

三绪无奈地说，将茶推到公公面前。范兵卫喉咙里呜噜着，拿起茶碗，丝毫不顾礼仪教养，咕咚咕咚一饮而尽。清新的空气中弥漫着花香。那是范兵卫在庭院角落精心照料的一片菊花，香气就是从那里飘荡过来。

“如果觉得困难，就推辞掉吧。”

三绪一边给他添茶，一边低垂着眼，小声说道。

“如果有任何责罚，我们都已经做好了准备。”

“啥？”

范兵卫正欲拿起茶碗，疑惑地望向儿媳的脸。

“是关于比试的事。”

三绪稍许提高声音说。

“接下这任务让您感到为难了吗？”

范兵卫哼了两声，移开了视线，他眯着眼睛看向庭院的光亮，但随即转过头来，用轻松的口吻说：

“没什么特别为难。”

“那……”

三绪欲言又止。

“那公公您是已有胜算……”

说着，三绪急忙在袖中翻找，拿出纸巾递给范兵卫。她看到公公的鼻子上挂着丝线一样的鼻涕，快要滴进嘴边的茶碗。

“呀，真是对不住。”

范兵卫大声擤了擤鼻涕，说道。

“不比试的话，暂时还不好说。”

三绪有些沮丧，忽然想起菅沼加贺问的一个问题。加贺似乎想以此试探范兵卫的实力，当时三绪也看出这一点，但范兵卫并未回答。

“公公的剑术是什么流派？”

“为父练的是中条流，从幼时就接受训练。年过三十，遇到一位名叫古藤田勘解由左卫门俊直的一刀流大师，又在其门下重新修行。”

范兵卫意外地对答如流，但三绪对这些内容并不十分了解。不过，她又重新感到些许安心。

门外有人在叫三绪喊着“夫人”，是三绪派出去的女佣阿力回来了。

三绪出去了一会儿，很快又回到房间。她面如白蜡，动作忙乱，范兵卫一直注视着她。

“怎么如此慌张？”

“对不起。”

三绪道歉后，将膝盖挪了挪，坐到公公面前。

“有个名叫清家猪十郎的浪人，站在我们家门口。”

“阿力怎么知道？”

“是他自己报上的名字，还问这里是不是刈谷范兵卫的家。”

范兵卫像被弹开一样霍然起身，从壁龛的刀架上抓起刀，系于腰间，大步穿过房间。三绪见状，肃然说道：“请小心”，然后小跑回到自己房间去取匕首。

范兵卫来到玄关，小心打开门，左右确认后，又快步向大门走去。

他警觉察看外面的动静，慢慢走出门。

三之丸西侧的那一带尽是藩内家臣宅邸，南北走向的笔直道路两侧，接连排列着黑色围墙，显得异常安静。

那条路上，有个人影慢慢走远。斜射的阳光掠过西侧围墙，照亮对侧围墙的上半部，那个远去男人的上半身也在光亮中。

那男人行至尽头的一户住宅前稍作停留，猛地回头看向范兵卫。两人之间相距约半丁有余。短暂对视后，男人后退两三步，紧接着突然一个迅速转身，消失在左侧公家宅院的拐角。

范兵卫满是皱纹的脸上浮现出苦笑。

回到家，范兵卫见三绪站在玄关，脸色惨白，腰带里插着匕首。

“怎么样？”

“简直像头熊。”

范兵卫解下刀，然后边走边对身后的三绪说道：

“儿媳妇。”

“给我做十个饭团。”

“您要饭团做什么？”

“按我说的准备。”

范兵卫语气突然严厉了起来，但当他走到自己房间门口时又回过头，恢复了平时的悠然口吻。

“因为熊来了，所以要忙一些。”

那天夜里，范兵卫的身影从三之丸的刈谷家消失。他背上三绪做的饭团，只穿了绑腿和草鞋，没有透露行踪。

七

“今天也没有任何消息吗？”

笃之助一边让妻子帮忙更衣，一边有些恼火地说道。

“没有。”

“真是个让人头疼的老爷子。”

笃之助说着“好了，剩下的我自己来”，从三绪手中接过腰带，随后又言：“我有话要讲，坐下吧。”

阿力端来茶水，说晚膳准备好了，笃之助不耐烦地回应：“晚些再说”，脸上的表情，像是在讲现在哪里是吃饭的时候。

“只剩下一天。比试定在后天正午之后。如果他到时候还没回来怎么办？”

“应该会在那之前回来。”

“父亲这么说的吗？”

“不是。”

“你看。”

笃之助啧了一声，拿起茶碗，却不慎把茶洒在手上，“好烫好烫”地抱怨道。

“女人就是这样，都没有明确证据的事情，怎么能如此信口胡说。真搞不懂。”

“……”

“但是——”三绪欲说还休，低下了头。

近来，三绪听闻一个奇怪的传言。

在从鹤冈城下南行约半里的地方，有一片广阔的原野，被称为小真木野。这片原野深处，有一座名为金峰山的僧侣修行场，山脚下散落高坂、青龙寺等几处村庄。小真木野一带由于地处高地，至今仍有狐狸出没。

据说在小真木野一带，有村民见到了天狗。某天晚上，三个从鹤冈回高坂的农民，目睹一只天狗在月光下踏开芒草疾驰。天狗自东而来，横穿道路飞向西边荒原，转眼间，身影越来越小，最终消失不见。但它在横穿道路时，瞥了一眼呆立在那里的三个人。天狗的嘴咧到耳根，双眼赤红。其中一名农民确信看到，天狗在从道这边跳向西边荒野时，腋下的羽毛正在扇动。

此外，某日清晨，在横跨荒野的那条路边，横着几具惨不忍睹、被天狗撕咬的野犬残骸。又有一夜，月亮落下后的漆黑中，忽地燃起一片赤红的火光，其中浮现一个巨大天狗的站姿。

告诉三绪这些的，是一个从高坂来卖菜的妇女。这位脸色红润、精力充沛的中年农妇，压低声音讲述了这个故事后，像是顿觉恐惧，嘀咕着必须在天黑前回去，站了起来。

三绪听闻这些传言时，几乎立刻确信那天狗便是范兵卫。但这不是能和他人讲的事情。

“对丈夫也不能说。”三绪低垂眼帘，不知为何坚定地如此认为。虽然她对范兵卫正在做的事只有模糊的猜测，但她有种强烈的预感，不应向旁人透露范兵卫的行动。

“菅沼大人今日又来询问。他也颇为担心，据说已向松平大人禀告此事。”

“……”

“不过，听说家老只是‘哦’了一声，一笑了之。真搞不明白他的想法。”

“家老大人或许也认为，比试之前公公就会回来。”

“你这人怎么可以说这种话？如果确实如此，谁也不会担心。说到底这都是你的错。让你煮饭捏了那么多饭团，你至少应该问清楚他什么时候回来，或者至少确认他去哪里。如果能阻止他就更好。可你不是什么都没做吗？”

不是这样，三绪心想。之所以什么都没说就让范兵卫离开，正是为他着想。

“即使赶上比试，如果公公输了，刈谷家也不会好过，不是吗？不管怎样事情都很棘手，我们也不要慌乱，继续等待吧。”

“唉。”

笃之助交叉双臂，直视妻子的脸。

然而范兵卫在次日午后若无其事地回到家中。

迎接他的三绪瞪大双眼。范兵卫像换了一个人，样子变化如此之大：他的脸被晒得黝黑，双颊凹陷，头发凌乱如乞丐，靠近时更有一股异味。然而，其双目深邃迥然，看向三绪时没有微笑。

从小习中条流，三十过后又拜在古藤田勘解由左卫门门下钻研一刀流——范兵卫的话在记忆中苏醒，三绪不禁哑然呆立。

此时，三绪终于明白，归来的已非刈谷家的退隐老人，而是一位上了年纪的武者。

走进自己的房间后，范兵卫将刀放回刀架。

“儿媳妇，我要睡一会儿。”范兵卫说。

“要不要吃点什么？”

“不了，就只觉得困。”

范兵卫一下子躺到榻榻米上，闭上了眼睛。

三绪打开壁橱，拉出一件棉服，正要盖在范兵卫身上时，突然停住手上的动作。她看到范兵卫的双臂怀抱着一把小刀。三绪像是包起横放的刀一样，将范兵卫的身体用棉服裹住。此时，范兵卫已鼾声大作。

范兵卫醒来，已过午后四时。三绪被叫入房间，范兵卫已坐起，对三绪说：“给我倒杯茶。”

范兵卫喝着三绪泡的茶，颇为享受地说道：“还是屋檐下好啊。”

这奇怪的说法让三绪不由得笑出声来，但她赶紧捂住了嘴。

“不过，长年习惯住在屋顶下，人就会变得懦弱。”

“您的修行怎么样？”

“还过得去。”

“那真是太好了。”

说这话时，三绪感到自己和公公分享了一个秘密。无论结果如何，一切就交给范兵卫处理吧，三绪心想。

“为什么您这样看我？”

三绪讶异地看向公公。她感到全身都暴露在一种粗暴的视线下，心中不安顿生。这是她与公公共处时，从未感受过的略带恐惧的情绪。

“脸上沾了什么东西吗？”三绪跪着向后退了一些，她试图微笑，但笑容却在脸上僵住。范兵卫双眼透出毫不留情的光芒，扫视三绪的胴体。

“辰枝死后，我就再没碰过女人的肌肤。”

范兵卫的声音平静，但在三绪的耳中却如雷鸣般响亮。

“我这男人的东西或许也已经变得没用了。”

“应该已经不行了吧。”三绪小声应道。

“啊？”

范兵卫把手放在耳边回问。

“我说，您年纪大了，应该已经不行了吧。”

三绪稍稍提高了声音，因为自己的这话脸上泛起红晕。

尽管心中依旧有一丝恐惧，但并没有厌恶。

“不过，我刚才做了个奇怪的梦。”

“梦，是吗？”

“在梦里，我侵犯了儿媳你。”

范兵卫面无表情地说道，而三绪的脸红到了耳根。

“行还是不行，我想试试。”

三绪抬起头。范兵卫的眼睛像粘在三绪身上一样注视着，显露出他内心依然涌动的一股狂野的力量。

“明天的比试会怎样？”

“我想我应该会赢，但还不确定。”

风吹落叶，在紧闭的纸拉门上发出“沙沙”的声响。阿力出外办差，至傍晚才会回来。

三绪脸色苍白得像搽了粉，她张开干裂的嘴唇说道：

“如果这能帮到您，尽可一试。”

次日清晨，三绪用匕首割喉自刎。笃之助大为震惊，冲进房间告知范兵卫。范兵卫听言，连眉头都没动一下。

八

正午开始的刈谷范兵卫与清家猪十郎的比试，几乎是草草了结，最终以范兵卫的取胜告终。

鹤冈城内二之丸的马见所前广场，藩中武士围成一道人墙。马见所的外廊上坐着藩主忠胜，松平甚三郎、月番家老水野内藏助和中老朝冈与一兵卫一并入座，组头高力喜左卫门和千贺主水也在后方待命。

清家猪十郎的木剑破空呼啸时，范兵卫从青眼转为八双剑式。

猪十郎步步逼近。从高大的老杉树梢直射下来的光线中，猪十郎像是割草般挥动的木剑，发出如同展开的白扇反射的光，映在众人眼中。

范兵卫将双脚紧紧贴住地面，保持八双剑式岿然不动。

然而，随着猪十郎靠近，范兵卫的脚跟一点一点抬起，八双之式的剑锋也稍稍后倾。

当两人距离缩短至八间时，范兵卫乍地发动，如疾风般蹬地而出，木剑几乎扛在肩头，白色的钵卷化作一条直线。

与其说是呼喝，不如说是猛兽咆哮般的低吼交织在一起。两人身影激烈碰撞交错。众人只看到两把木剑在阳光下闪耀光芒。

擦身而过的一瞬，范兵卫的疾奔远超过猪十郎的快步，交错过后仍向前冲出六间距离。

转身再次摆出八双剑式的范兵卫，看到猪十郎的庞大身躯缓缓前倾、跪地，最终斜身倒下。猪十郎的额头裂开一道鲜红的伤口，喷涌而出的血染红全脸，转眼间如红漆托盘一般。

仅此一击。

范兵卫向默默并排坐在外廊的忠胜等人行了一礼，未理会裁判菅沼加贺的呼唤，头也不回地离开了广场。

比试之后，范兵卫迅速老去。

他不再去捡拾心爱的石头，终日坐在屋外廊上，出神望着庭院和天空。落雪的日子，他便关在房间里，抱着暖炉打盹儿。

比试结束后的一段时间，一些热衷剑术的年轻武士，五六人结伴前来拜访范兵卫，但由于他耳背，回答逐渐语无伦次，再看时范兵卫已经流着鼻涕，划船般前后摇晃打起瞌睡，令年轻武士们惊愕不已。不久后就不再有人来访。

与清家猪十郎的比试结束半年后，刈谷家获得二十石的增俸，但范兵卫对于笃之助兴奋不已的汇报，没有丝毫兴趣。

老迈的范兵卫，自那之后只有过一次明显的情感波动。

三绪的一周年忌刚过不久，笃之助告诉父亲，他决定迎娶家中野濑源右卫门的女儿户荣为继室。

“野濑大人家有二百七十石，担任物头一职，我们门第不相称，本婉拒过，但在八代大人热心劝说下……”

“那姑娘叫什么名字？三绪吗？”

“父亲，三绪已经过世。前几日我们才刚为她办了一周年忌啊。”

“是这样啊。”

“户荣小姐心地善良，她说会好好照顾父亲您。如何？来年春天我们成婚，您没有意见吧？”

“如果是三绪，我没有意见。”

“不是三绪，是户荣。”

“啊？”

“是叫户荣的姑娘。虽然有阿力在，但还要照料父亲实在忙不过来，家中无妻确是不便。”

“可是，这样的话三绪就太可怜了。”

老人突然说道，话音未落，范兵卫眼中倏然噙满了泪水。

“娶新媳妇的话，三绪就太可怜了。”

“可是父亲，三绪在这里七年未育。这次我也想让您能抱上孙子，这样刈谷家才能安泰。”

“三绪真是太可怜了。”

老人继续说着，随即摸出纸巾，用颤抖的手拭去泪水和鼻涕。

—— 只有我知晓三绪的死因。

笃之助离开房间后，像是断了的线重新接上，范兵卫的脑中突现此念。几乎每月一次，死去的三绪都会清晰地浮现在他逐渐模糊的记忆里。

拥抱三绪时，范兵卫不再是三绪的公公，也不是刈谷家的家主，而是一个几乎与强盗无异的痴武之人。他执念于赢得与清家猪十郎的比试，全部身心都凝结为一颗锐利的獠牙。

在被磨砺得无比锋利的孤独视野中，三绪的美丽和温柔意外地如此危险。为了不让自己的獠牙变钝，范兵卫像是强盗一样粗暴地侵犯了她。

范兵卫认为三绪并非因此而死。虽然难以置信，但聪明的三绪理解了范兵卫的心情。差错发生在那之后。仪式般进行的那件事达至高潮之时，三绪的身体突然失控，陷入了欢愉。

—— 三绪因此而羞愧自刎。

范兵卫的脑海中，那根线再次断裂。他慢吞吞地从怀里掏出纸巾，再一次拭去泪水和鼻涕。

三绪去世后，再没人关心老人的鼻涕。因此他的胸前鼓鼓地塞满一大沓纸巾，这是阿力所备。

敞开的拉门外，秋末清澈的阳光溢进来，偶有落叶无声翻飞。

范兵卫坐在今年提前拿出来的火盆被炉里，已然昏昏欲睡。

暗海沉幽

一

“哟，这不是老师吗？”

一阵脚步声从身边经过又折返回来。

北斋装作没听见。这声音拖腔拉调怪里怪气，北斋对此没有任何印象。比这更重要的是，他的心像是被掏空一般，已经完全被眼前的风景吸引。

夕阳西下，两国桥上渐渐人流如织。也正因此，北斋站在那里一动不动的巨大身躯显得格外引人注目。他身穿粗糙的手织蓝白条纹棉布和服，外面披着有些褪色的土黄色无袖短外套，肩宽体壮，有着结实的胸膛。异于常人的大耳如扇，鼻高似峰，下颌坚挺，一双细眼闪着针一般的锐光。路过的行人中有人不禁回头望过来，看一看这个显然不寻常的老人。

从神田川的河口到旅笼町以及官仓附近，在秋日的阳光下，落下淡青色的阴影。然而左岸，从横网町经武家宅邸，到大川桥前的竹町，仍有光把城镇分明地一切为二。光线滑过扁平的屋顶，将河对岸城镇的上半部分染上色彩。

河水反射着光辉，泛起奇异的明亮。船只经过时，湛蓝的天空和返照的朱红层层叠叠，掀起微微涟漪，显得十分华丽多彩。

“老师啊，您这是想投河吗？”

北斋终于转过身来。

一个吊儿郎当的年轻男人用一抹不屑的微笑回应了北斋不满的怒视。

那人穿着粗条纹的夹衣，束着腰带，脚踩麻底草鞋，嘴唇红润得像是濡湿了一般。虽然他鼻梁挺括，有着女人一样的修长脸型和细嫩皮肤，但北斋看到他的眼中隐藏着绝非善类的光。北斋并不认识这种人。

“这人真是一脸恶相。”

“您说什么？”

“哎，失言了，别介意。话说，你是谁？”

“真是的，老师。是我啊，镰次郎。当年您在甚兵卫店里的时候，隔壁的镰次郎啊。”

“原来如此，确实是有这么个人。”

北斋喃喃说道。

“想起来了，顺便也想起你是个无赖。”

“喂喂，说我是无赖，太过分了啊。”

镰次郎的眼神一下子冷了下来，但嘴角依旧挂着淡淡的笑意。

“您这老爷子还是老样子，嘴上不饶人。就算是这样，我还是把富之助当作兄弟。我可是在您不知道的地方，帮了不少忙，借给他钱，帮他打架出头。”

“富之助现在在哪儿？”

“这个我还想问您哪。”

镰次郎语气粗鲁，显露出他的本性。

“富之助这小子欠我钱，是赌债，一大笔，足有二两哪。那之后，这小子就躲了起来。虽然是在您面前，但不得不说这小子可真混蛋。”

“能从你的口袋里骗到钱，那他也算有两下子。什么时候的事？”

“差不多有半年了吧。他的手段真是下作。那天晚上，我中途就撤了。后来听说，那小子一路赢个不停，竟然赚了近十两。按理说，他应该对我说声感谢，还我那二两才对。可他对兄弟连个招呼都不打就消失了，这是什么意思？”

“原来如此，确实不厚道。”

“对吧。而且我敢说，他现在肯定在哪儿抱着女人，逍遥快活哪。”

“哦？他身边有女人？”

“是啊。就是那个在药研堀摆摊的女人，叫阿丰。像您这样的老爷子，大概早就和女人没什么关系，所以可能没听说过，但她可是远近闻名的美人。身材苗条，体态优美，脸蛋也漂亮，头发总是像刚洗过一样。这个阿丰啊，也是从那晚起就彻底消失了。”

“你也喜欢那个女人？”

“开什么玩笑。”

镰次郎笑了笑，但他似乎确实有些记挂这个女人，脸上露出恼火的神情。

“不过，这不是重点。没想到会在这儿遇见您，还真是意外之喜啊。您能不能还一下富之助的债？不管他是不是别人的养子，但毕竟是您的亲生儿子啊。原本打算实在找不到他，就去您那儿。”

“有借据吗？”

“啧，您讲话怎么这么不通人情。兄弟之间，哪里还要借据。”

“这样啊。兄弟情谊真是难能可贵啊。你看，不如干脆为了这份情谊，再等一等，直到找到他？”

“老师……”

镰次郎后退一步，直勾勾盯着北斋。

“这种玩笑别再说了，听见了吗？”

他把脸凑近，压低声音说。刚刚滔滔不绝的轻浮样子消失不见，反而是一种黏腻拖沓、令人不快的感觉开始将这个男人包围。

镰次郎用谨慎且试探的口吻说道：

“如果老爷子您是这种态度的话，那我也有很多办法。我去找崎十郎，您觉得怎么样？”

“白费力气，他不是那种人。”

崎十郎是北斋的次子，也是富之助同父异母的弟弟。起初他被送到本乡竹町的一户商人家做养子，后来又被御家人①加濑家收养，目前任小人头②一职。

---

① 江户时代，将军直属家臣，地位在御目见以下。

② 江户幕府的官职名称，负责总管“小人”。小人指从事杂役的人员或低级官员。

他虽然在工作上得心应手，还喜欢俳句，幽默风趣且不是那种一板一眼的性格，但对贫困的生父，总是保持一种远远观望的态度。

“就算你威胁他，也不会拿到钱。”

“那我就去找阿荣。阿荣夫家很是富裕啊。”

“你也调查了很多啊。但可惜啊，阿荣被休了，现在住在家里。”

镰次郎嘲讽地哼了一声。

“这里不行，那里不行，老爷子您是没打算还钱啊？这可真是有意思，但是我现在急需钱，那就只有一个地方可去了啊。”

“哪儿？”

“还用说吗，镜师那儿啊。”

“……”

北斋的眼睛慢慢瞪大。右手紧握着当作拐杖用的扁担杆子。

“喂，喂。”

镰次郎眼疾手快地向后跳开，用毫无正经地、冷冷的戏谑语气说道：

“老师，您这是什么意思？”

“你去试试看，要是敢去中岛家撒野，我就打爆你的脑袋，小子！”

中岛家是幕府的御用镜师。富之助也曾被送去做养子，但现在已经被逐出家门。北斋家原本和中岛家就是亲戚，北斋小时候也曾被上一辈的中岛伊势收养。离开养父母家后，北斋也经历许多艰辛，所以他一直将在那里曾经受到关爱的记忆，以及背叛了善良的养父母的悔恨，深深地铭刻在心。

可以说，将富之助送去做养子，也是因为心里的那份内疚。然而，由于富之助的品行不端，让北斋两次背叛了那个家。

北斋丝毫不后悔从养父母家出走、到作为画师立身扬名之前，那段与流氓整天混迹在一起的辛酸日子。即使成名后，他也认为画师终究是无赖生意，大摇大摆地闯荡世间。

然而，他心里一直觉得，这样得来的名声，比不上江户角落里的那位研镜师每日勤勤恳恳的努力和经营。

镰次郎这个混蛋咧着嘴，大声叫嚷着。这个男人不应该和中岛家有任何牵连。他花言巧语诓骗女人，威胁恐吓无所不用其极，沉迷赌博败光家产，是个已无法回头的、十足的恶棍。

“那欠的钱怎么说？”

“明天到我那里。”

北斋往脚边吐了口痰，然后缓缓迈步走开。不知何时聚集起来的人群，向着他远走的方向，纷纷散去。

二

尽管之前那样大喊大叫，镰次郎却隔了十天左右才来。

从早上起，小雨就不间断地下个不停，位于原庭町的北斋家格外冷清。北斋在家，正对敞开的拉门朝向庭院，坐在榻榻米上蜷曲着背，不停挥动手中的炭笔。从背后看，仿佛一只蹲在那里的巨大蟾蜍。庭院里，一丛白胡枝子花正盛开，只有那一处散发着清冷的光。

“哎呀，这地方跟以前一样，又脏又臭。唯一的变化，是老师您变得满脸皱纹了啊。”

镰次郎一进屋就这样说道。似乎自认为说了句俏皮话，他转过头来对北斋咧嘴笑了笑，北斋只是冷冷回了一句：

“觉得脏，就不必坐。”

早上，柳川重信和北云来过，但不知什么时候已经离开。屋子里到处是草稿纸，像是故意弄得那么乱似的，三人近正午吃过的盖饭碗筷也滚落在地上。

从墙边堆积的一摞画纸中，北斋伸手抽出一张，扔给镰次郎。

“把这个拿到品川町的纸张店惠比寿屋，应该会给你二两。”

“什么啊，不是给钱？”

“无法接受的话，那我连画也不给，二两在我这儿是一大笔钱。”

“好吧，也行。不过还得走一趟品川町那破地方啊。”

“你没腿吗，腿？”

“……”

镰次郎啧了一声，看了看盘腿而坐的前方放着的美人画说：

“先生，这真行吗？”

北斋已经重新面对眼前的画作，宽大的后背给人以威慑和压迫感。

“什么真行？”

“这画真值二两？”

北斋只把头回过来。

“你别小看我。那幅画，二两都便宜了。”

“是吗？那可真是了不起啊。要不我去稍微谈谈价，再让他们多出点怎么样？”

“不许那样做，约定的就是二两。”

镰次郎把画收进怀里，倏地站了起来，又像是突然想起什么似的，站在原地问道：

“老师，叫广重的是什么人啊？”

“广重……”

北斋没有回头，他前倾身子，吹掉画纸上散落的木炭粉末。

“广重怎么了？”

“不知道他是画画的，还是写书的，现在名声很响啊。听说他有个作品叫《东海道》。嗯？您不知道吗？您都不知道的话，看来也不是什么大人物。”

“等等。”

北斋转过身来，抱膝抬头看向镰次郎，用下巴示意他坐下。

“不行了啊，大川桥边的茶馆有个女人等我哪。我改天再来。”

“不必，你无须再过来。你刚才说广重怎么了？”

“我说，他有个作品叫《东海道》。具体的我也不清楚。老师您认识他吗？”

“不认识……”

北斋隐约记得在哪里听过这个名字，但一时想不起来。

“你看过吗，那《东海道》？”

“我哪里会看过，就只听说评价不错。”

“谁说的？”

“嘿，这又不是什么罪证审问。是我那……”

镰次郎弯了弯他那女人般白嫩的小拇指[①]。

“是富冈八幡那边，一家叫‘鳞’的小饭馆的女招待，叫阿静。那女人不赖啊。‘鳞’的老爷子这么说时，阿静不小心听到的。”

“他是画师吗？”

“这我还得问您哪！老师，差不多了吧。”

镰次郎又伸出了小拇指。

---

① 日本人有时会竖起小指来表示妻子、妾室、情人等。

“不能让她等太久啊。”

“走吧。”

“要是我见到富之助，您想怎么办？要我让他回家看看吗？”

“就说我再也不想见到他。”

当天晚上，北斋躺在床上，猛然想起广重是何人。就像是一页画纸翻过，广重的形象蓦地变得清晰起来。

那是大约两年前。这个男人曾在京桥的川正出版了《一幽斋[①]绘东都名所》。由于听说是风景画，引起了北斋的兴趣，便让和他说起这事的北寿买来瞧瞧。印象中，都只是些描绘寻常风景的画作。

那时他还是个无名的画师，而无名的画师在任何时代都不计其数。

然而，一旦想起广重是谁，北斋开始在意镰次郎说的话。就像一滴墨水落在笔洗中，黑色慢慢扩散开来。

“那男人，究竟画了什么？”

北斋忽地起了身，在床上抱膝而坐。

夜幕深沉，细雨滴答。听着那雨声，北斋在黑暗中睁

① 浮世绘画家歌川广重的名号。

着双眼，试图理清这个不曾知晓模样的陌生画师，和镰次郎喋喋不休的话语之间的联系。

三

次日，北斋来到日本桥的嵩山房。

嵩山房的老板小林新兵卫五十出头，脸盘瘦长，肤色略黑，比起书屋老板，看起来更像是个生活富足的武家之主。他的声音低沉而稳重，言论独到而深奥。除了经营一家大型书屋外，他还作为读本①和锦绘②的出版商，以精准的眼力在同行中很有声望。

此刻，新兵卫正以一贯的平静口吻谈论着溪斋英泉，北斋简单回应，内心有些烦躁不安。

英泉并非不让人挂心。他的美人画妖娆淫荡，似乎在每个人物的内部都饲养了一条蛇一般，引起世间的轰动。但他突然放弃绘画，转而成为妓院老板，自这离奇的举动

① 江户时代的一种小说类型。与以插图为主的草双纸相比，这种书籍主要以阅读文字为主。故事情节曲折，内容或传奇或劝诫。

② 浮世绘和木版画的一种，指的是多版多色的彩色印刷。由于其色彩非常丰富，像锦缎一样美丽，因此被称为锦绘。

已然过去四五年光景。北斋从那时起便未见过英泉。英泉的画很好，但更让北斋欣赏的是他固守菊川派的孤垒，与盛极一时的歌川派对抗的不屈。

北斋很少对画师同僚敞开心扉，英泉是唯一的例外。然而，成为妓院老板，这行为也超出了北斋能够理解的范畴。对于这样的英泉，北斋感到一丝危险的气息。

“妓院听说已经停业。前几日在同业的聚会上……”

新兵卫边说边递给北斋点心。

“英泉老师的那本书，真是恶评如潮啊。”

新兵卫笑着说道。

新兵卫说的书，指的是英泉最近出版的《无名翁随笔》。随笔中，英泉用激烈的言辞抨击出版商，说他们贪婪无度，轻视画师，甚至分不清画技的好坏，将画师与底层的工匠混为一谈。他咒骂他们为混账东西，但也承认自己是被金银之绳所困。

“不过，虽然不知道你怎么想，但出版商最近确实越来越无情。英泉写的都是实话啊。”

北斋说道。

“这也是因为出版商之间的激烈竞争啊，迫不得已才向各位老师提出苛刻的要求，我也不例外。话说回来，那边……”

新兵卫指了指北斋身后，那有一面将整面墙都遮住的书架。

新兵卫用作居室的这个六张榻榻米大小的房间，与其说是客厅，不如说是一间藏书室。北斋背后的书架，一直通到天花板，里面塞满了读本、黄表纸①、锦绘等各种书和画册。榻榻米上也堆放着地图、锦绘和最近流行的草双纸②等。不是新兵卫中意的客人，一般不会被招待进入这个房间，因此有些画师和读本作家认为，能被邀请至此，是对自己一流技艺的认可。

“那边放着的英泉老师的作品，几乎都是初版。他画的女人真是奇妙有趣。”

新兵卫紧盯着北斋的眼睛。

“那人是真打算放弃画画了吗？您怎么看？”

“我不知道。”

---

① 由于封面是黄色的，得名为黄表纸，是江户后期草双纸的形式之一。其特点是内容风格多为幽默和讽刺，以插图为主，并在空白处撰写文章，是面向成年读者的图文故事书。

② 江户中期后流行的一种面向大众的图文故事书的总称。每页都有插图，文字大多用平假名书写。根据封面的颜色，将其区分为赤本、黑本、青本和黄表纸。

北斋冷淡地回应。

“话说，您看过广重的《东海道》吗？”

新兵卫突然问起，让北斋的心不由得怦怦直跳。

“没有，听说过些传言，还没看过。”

北斋谨慎地回答，同时担心起刚刚一瞬间的慌张有没有被新兵卫察觉。

“您应该看看。听说初版早就售罄，现在保水堂正在加印。我手头也有五六张，不过前几日被国芳老师借走，还没还回来。那是初版啊，等还回来，我拿给您看看？”

“是风景画？”

北斋询问起他最在意的事。此刻他的心已经平复下来。

“是。”

小林新兵卫微微低下头，脸上是深思的神情。

“确实是风景画……”

新兵卫说着稍作停顿，目光直视北斋，不知为何那眼中带着一丝疏远的漠视。

“但我认为，恐怕和老师您所说的风景画稍有不同。”

似乎有一股寒风，从北斋内心贯穿而过。

四

从嵩山房出来走到街上，正午的阳光十分刺眼。

雨在夜间已经停息，街道上方是澄净的蓝天。十月的阳光虽然刺眼，但已不再炙烤。

往日本桥方向的二丁目和一丁目人头攒动。书屋、布店、药铺等鳞次栉比，人群中身穿围裙的店员打扮得格外显眼。北斋用拐杖敲打着地面缓缓向前行走，时不时突然停下，而每次都会撞到人。被撞的人无一例外地带着责备的目光，打量这个高大的老人。

嵩山房的话言犹在耳。“但我认为，恐怕和老师您所说的风景画稍有不同……”“恐怕……稍有不同”这话听起来像是在嘲讽。

或许也可以这样理解，嵩山房只是稍作谨慎地回答了关于广重的问题。不过回答时嵩山房看北斋的眼神，让他难以忘记。

作为读本插画师频繁出入嵩山房的那段时间，北斋曾有过在将军家齐面前即兴作画的难得经历。

自那半个月左右，北斋上门拜访嵩山房，谈完正事后嵩山房突然开口说：

“老师啊，听说您又犯了老毛病。”

“……”

“之前在将军面前作画的事，我有所耳闻。”

新兵卫的嘴角挂着一如往常的微笑，但眼中未有笑意。

是那件事，北斋心想。

当时与他同席的是谷文晁。谷文晁画技精湛，名声显赫，且在田安侯手下任职，于佐竹侯处也有俸禄。与这样门第正统的文晁相比，作为民间绘师的北斋，所画的花鸟山水并不逊色。

那之后，北斋画了幅龙田川红叶。他在鸡的爪子上涂上朱墨，让它在刷了蓝色的纸上行走。这一独特的创意，在街头巷尾引起纷纷赞誉。

“那不过是助兴。”

“世人可不这么看，老师。”

新兵卫收起嘴角的微笑，仿佛是在眺望什么遥远的事物一样，看向北斋魁梧的身躯。

“尤其是我们这一行。”

新兵卫言辞辛辣，毫不留情面。

在新兵卫眼中，北斋看到画坛对他的拒绝。如果想要以锦绘成名，首先要被审视的是画作本身。无论是惊世骇俗的技法，还是由此而获得的众人喝彩，都无关紧要。新兵卫的眼神如此诉之。

北斋这才明白，这位年轻而聪颖的出版商长期以来是以怎样的眼光看待自己。

曾经有段时间，北斋感到自己离画坛很近。那是狂歌本《潮来绝句》的插画，被二十出头已掌管嵩山房的新兵卫大加赞赏的时候。当时北斋已经四十过半。

然而，对于窥探《潮来绝句》门户大开的抒情世界，北斋的双眼太过枯涸。相反那段时间，北斋如同着了魔般，疯狂投入新兵卫所说的博取名声之中。

在音羽护国寺的院子，北斋曾画过一幅巨大的达摩像。在本所防雨具晾晒场，他画过马。在两国的回向院，他画过布袋。在闻名而来的人群的注视下，他铺开一张一百二十张榻榻米大小的画纸，用扫帚作笔画水墨。也是在那时，他在米粒上画过两只跳动的雀鸟，又或是用指尖蘸墨作画，还或是将纸横放进行倒画。

新兵卫认为，这些不过是江湖艺人的噱头。北斋对此无法否认。实际上也正是通过这种手段获得的名气，使他得以成为读本插画界的第一人，赢得声誉和地位。对此，北斋自己也觉得这些手段急功近利，过于卑劣。

但新兵卫并不知道，是什么驱使北斋如此追求名声，甚至以这种在他看来有些低俗不堪的手段。那是四十多岁仍是无名之辈的男人，用尽全力向世人发出的威吓。即使因此被画坛视为异己，或者因鄙俗的处世之道被视为低等二流，也总比只是无名小卒要好。

然而，北斋默不作声没有回应。

他无法在新兵卫面前袒露自己。不仅如此，让他犹豫、不愿多做辩解的缘由，存在于他内心的更深处。难以忍受寂寂无闻，这是事实。但为获取名声而展示那些近乎杂耍的技艺，他并不觉得痛苦。可以说他反而感到愉悦。

北斋想要打破平庸，想要惊世骇俗。在北斋的内心，更深处的内心，有着想要向世人宣告“北斋在此”的强烈愿望，以一种不可遏制的姿态四处冲撞。

这与新兵卫所说的追求名气又有所不同，但二者之间有关联。获得名气可以说是内心深处低沉咆哮的结果之一，但只是一部分的结果。北斋无法对新兵卫诉说这种感受，他总觉得这不是该对他人坦白的事情。

富士山被夺皮去肉，变成今天那种形状，究竟是从什么时候开始?

文政十年[1]的某一天，北斋向嵩山房展示雕版底稿。那时距他在将军家即兴作画已过数年。

新兵卫小心地从上面一张张拿起，细细端详，他那端正瘦长的脸上逐渐泛红。

底稿共有五张。

“这是……”

新兵卫轻轻将底稿放在榻榻米上，神色郑重地问道：

“颜色会如何？”

“颜色更是绝妙。等你看到试印，会更加吃惊。”

北斋自豪地说。

新兵卫的脸上浮现一丝捉摸不透的微笑。那一刻，北斋感到自己踏入了画坛内部。同时，他也意识到，睿智的新兵卫已经察觉，不久后将被集成《富岳三十六景》的这套草图深处，与他在音羽护国寺所画的大达摩像之间的联系。

不过北斋无须再为此担心。新兵卫不寻常的微笑就是证明。

---

① 文政为日本年号之一，文政十年为1827年。

“与老师您所说的风景稍有不同”，当新兵卫如此说时，显然是想起迄今为止的这些种种过往。引起他回忆的，正是广重的《东海道五十三次》。

回过神时，北斋已经站在马餐町永寿堂的店前。

“给我杯水。”

进到店里，北斋面向老板西村与八坐下后，立刻说道。

“刚刚去过嵩山房。年纪一大啊，总是口渴。”

“要我泡茶吗？”

“我不喜欢茶。”

“是啊，您是个怪人，确实是个怪人。”

与八说着，拍拍手叫来女用人。

“拿茶来。不，茶给我，老师喝水。”

“话说回来……”

与八神经质地抚弄他鬓角稀疏的头发，连珠炮似的说道。

“您听说了吗？竹内干得相当不错，让人画了个了不起的作品。可我就是不明白，广重为什么要选择保永堂这样一个几乎不算正规的出版社出版。您知道吗，竹内那人曾经破产，被同行排挤，而且连累他人。”

“这个广重，到底是何许人？”

北斋问道。在这里，不必顾及什么画家的自尊心。与八衡量画家的标准只有一个，那就是他们是否赚钱。

“以前他从我们这儿出了本《东都名所》。不过，说实话，我对这人也不了解。听说是御家人还是什么其他地方的出身，可荣之先生、英泉先生也是这种背景。荣之先生您也知道，是正儿八经的旗本，所以这没什么稀奇。竹内那家伙，最后找上了鹤喜。我当时还想，这肯定赚不了什么钱。鹤喜那人太好心，所以才帮了竹内一把，但你看，现在画卖得好得不得了，听说竹内早就还清了欠鹤喜的钱，现在开始自己印刷了。”

“你见过吗，广重？”

“不是说以前在我这里出版过一次嘛。真搞不懂怎么就和竹内扯上了关系。您瞧着，保永堂很快就盖得起仓库了。”

“不是，我说你看过《五十三次》吗？”

“当然看过。《东海道五十三次》，就算是在您面前，也得说那是相当优秀的画作。我虽然不及嵩山房那样有眼力，但我也看得出来。”

“现在有吗？”

“竹内怎么会拿到这儿来啊！退一万步，我也不会问他要，多憋屈。我就只是从别处看过。话说回来……”

与八抬起他那张凹凸不平、粗糙泛红的脸，细长的一双眼睁得滚圆，直视北斋。

“我们之间的约定，怎么办好啊？目前这种情况，《富岳百景》会大卖吗？”

“这种事，我怎么会知道？”

北斋站起身来。

“是你让我画的。如果不想做了就取消，我可以卖给别人。不过，定金我可退不了。”

“您先坐下。我又没说不出版。或许我们可以更大胆些，比如说以‘北斋大师穷毕生之作富岳百态’为卖点，在大家对《东海道》开始感到厌倦的时候推出，可能会很有趣。您能不能找位认识的名人，也帮忙推荐一下？”

五

弟子们都聚集在北斋家。

有北溪、辰斋、北云，刚刚北泉和北马也在，不过这二人不知什么时候已经离开。这种随意出入的方式已然成为北门的传统，没人会在意。

他们并非过来习画。只有辰斋在屋子的正当中使着墨，北溪则背靠着柱子，北云也是趴在榻榻米上翻看着读本。

北斋背对弟子，面向墙上贴着的日莲上人像，高声诵读经文。他看起来专注至极。这段经文是《普门品》的一部分，弟子们常常听北斋诵读，都能大致背诵下来。

"又开始了。"

北云从托着腮的手上抬起脸说道。北斋家的后面，隔着四五户人家，传来三味线的声音。尽管是指拨，但弦音清脆悦耳，听得出技艺不凡。

"弹的什么？是新内[①]吗？"

北云有些好奇地看向北溪。

"不是新内，是以前的小调。"

北溪也从读本中抬起眼，以师兄的样子果断回答。

"是这样啊，音色真好。让人忍不住想知道，是什么样的女人在弹哪。"

① 即新内节。日本传统音乐净琉璃的流派之一。这一流派以哀调的旋律演唱女性的哀愁以及人生故事，后脱离舞台，在花街中广受欢迎，达到极盛的状态。

北云本名久五郎，是一个木匠。弟子中他最年轻，举手投足间有股潇洒豪爽的气质。北溪被他惯有的态度逗得微微一笑，辰斋则头也没抬一下。

“说不定是个老太婆啊。不过……”

北溪瞥了一眼北斋的背影，然后蹭到北云身边。

“你看过《东海道》了吗？”

“嗯，看过一些，毕竟评价那么高。”

“我也看了。不知道老师看过没。”

“不知道啊。画风挺特别，也不知道老师会如何想。说起来，那人到底是什么来头？”

“听说师从歌川一门。”

“丰国的弟子吗？”

“不，是丰广。丰广在五六年前去世，你可能不知道，他是初代丰国的同门。有人说他的美人画比丰国的还要好。”

“嗯，是歌川的弟子啊。不过，他的画被称为风景，也真是奇怪。”

“嘘！小声点，老师讨厌歌川。”

“就是！有骨气的人都死了，反倒是无聊的家伙们活跃起来。”

北斋停止念经，突然高声说道，吓得大个子北溪缩了缩脖子，北云也慌张地坐起身来。

连辰斋也吃了一惊抬起头。他眨着有些胆怯的双眼，满是坑坑洼洼的圆脸肤色暗沉，一会儿看看北斋，一会儿看看两位师兄，随后放下了笔。

北斋慢慢转过身，盘腿开口说道：

“江汉死了，抱一也死了。自歌麿、荣之去世，写乐不知所终后，锦绘界已无人。美人画要数歌麿、荣之，役者绘①是写乐，剩下的都是模仿之流。至于什么丰国，我不喜欢。说什么这才是锦绘，自以为是的样子真让人看不惯。又不是身居大名②之职，摆什么臭架子。至于国芳，他倒是有点意思，但还太稚嫩。”

“还有英泉老师哪。”

北溪插话道。每每谈及这些话题，北门的弟子们就变得兴致勃勃，因为他们暗暗感到，自己也在这个世界的一隅与之共呼吸，这让他们为之振奋。

---

① 描画歌舞伎演员的浮世绘。

② 江户时代，拥有一万石以上领地的幕府直属武士。这些武士根据与将军家的亲疏关系分为亲藩、谱代、外样；根据领地规模分为国主、准国主、城主、城主格、无城等类别。

“英泉啊……”

北斋露出一副为难的表情，看向北溪。

“初五郎，差不多点上灯吧？”

“还早吧。”

“点上吧。聊起这些，没有灯亮就没劲。”

“说的也是。”

北溪马上要起身，但北云急忙先站了起来。

“不，我来弄。”

北云点灯的时候，大家都默不作声。当他把灯笼放到地中央时，屋子里立刻有了夜晚的感觉。

“话说……”

北斋问向北溪，

“你说你看过《东海道》？”

“是，看过。”

“久五郎和半次郎也看过吗？”

北云抬眼看了看北斋，点了点头。辰斋也小声说他看过。

“那么，你们觉得如何？说说你们看到的《东海道》。”

“我觉得，比预想的要更寻常些。”

北溪说道。

"'比预想的寻常'是世人的评价。画本身给人的感觉也大致如此。"

"确是风景画？"

"是，画的都是风景。细致写实地描绘东海道的驿站，呈现得很好。不过，无论是构图还是色彩，都没有让人为之惊叹的巧思。比如说，像老师您《富岳》那样前所未见的创意，一张也没有。"

"不过……"

辰斋突然插嘴。大家都看向他，于是辰斋满脸涨红，垂下头，低声继续说。

"不过，我认为不能因此就盖棺论定说它无趣。"

"哦？继续说说……"

北斋似乎被激起了兴趣，目不转睛看着辰斋。辰斋是北门中少有的以画风柔美见长的风景画画家，他的画作很适合用于折物①，因此有不少订单。

"就构图而言……"

辰斋因被追问，倏地面红耳赤，拿出纸巾擦了擦额头

① 一种定制浮世绘，会在狂歌、俳谐等加上绘画，并非以销售为目的，而是纯粹为了享受风雅而制作。

和脖颈。

“就像初五郎刚刚所说，没有《三十六景》那样的精妙之处。”

“嗯……”

“也就是说，说是平凡寻常的话确是如此。不过……不过仅我个人的感觉……”

辰斋再次擦了擦额头上的汗。

“我觉得，它与老师的风景画不同，完全是另一种风景画。”

北斋从辰斋身上移开视线，望向飘着薄暮的庭院。凉气从敞开的门灌入房间。

“另一种风景画啊？”

北斋喃喃自语，脑海中浮现出两年前看过的《东都名所》。

“好，我明白了。你说得很好。”

北斋说着，双臂交叉在胸前，然后像是想起什么似的问道：

“久五郎，你怎么看？”

“我啊……”

北云挠了挠脖子。

“我只是随便翻了翻，没有仔细看。不过，有两三张还挺不错。”

“是什么样的画面？”

“这个嘛……”

北云仰头看着天花板，皱着眉头努力回想，但马上就放弃了。

“我记不太清，忘记了，全忘了。您放过我吧，师父。”

六

北斋从画前的箱子上，取下北马早上带过来的烤制小点心包裹，展开后说了句：“你们吃。”接着他便双臂交叉在胸前，闭上了眼睛。

广重的画应该就像辰斋所说的那样，北斋内心思量。乍一看平凡普通，但这正是他画作的个性。辰斋对于《东海道》的评价，与嵩山房的“与您所说的风景稍有不同”不谋而合。北斋认为辰斋评价得准确无误。

仅凭这些，北斋无法在脑海中勾勒出任何画面。猜测和揣摩带来的焦虑不安，反而更加强烈。

那么究竟和《东都名所》有何不同？北斋心想。两年前他看过的十张大尺寸横幅连作，是唯一的线索。其中一幅描绘的是满月悬挂在两国桥的桥墩。在他心里留下印象的，也就这一幅。整体而言，都只是些普通风景的写实刻画。

然而，《东海道》也是普通的。北溪如此评价，辰斋也没有否认。那么《东都名所》和《东海道》之间究竟有了怎样的变化？

想到这里，北斋像是突然口渴难耐一般，渴望看一看《东海道五十三次》。

在他内心的最深处，怀有一种恐惧，那是北斋从未体验过的，近似于胆怯的情绪。他担心一旦看到那组画，或许会发现一位凌驾于他之上的风景画名手。会让北斋前所未有、独步古今的风景画大师的名声一落千丈。

但比起恐惧，强烈的好奇心占据了上风。

“我回来了。哟，这么多人啊，我也来凑个热闹。”

回到家的阿荣，坐到了北云和辰斋中间，扔下包袱，伸手去拿点心。

和丈夫分手回到原庭町的家后，阿荣很快就找到可以教授他人绘画的地方，抱着包袱四处走动。在美人画方面，她的技艺精湛，甚至被认为胜过了父亲北斋。她和父亲一样有着魁梧的体格，品性也像男人。和矮小的辰斋并排而坐时，她高大的身姿几乎要盖过辰斋。

“刚在家门口……”

阿荣拿起一块点心，像是突然想起什么似的说道：

“碰到一个年轻女人，她来过家里吗？”

“没谁来过啊。”

北云说。

“奇怪。她抱着个婴儿，看着像是从我们家走出来。”

“真怪啊，这个家可没有这样的熟人。”北斋说。

“久五郎，你没什么头绪吗？”

“没有啊，师父。”

北云急忙摆手，大家都笑了起来。

就在这时，门口传来人声。“瞧瞧，人来了。”北溪说，然后看向北云，大家又窃笑起来。北云故意板起脸走出了房间，不一会儿折返回来，脸上挂着一副怪异的表情。

“说是有事找师父。”

“是年轻妇人？”

北斋的语气中仍带着几分调侃。

“她说，是富之助的什么人……”

北斋的脸色顿时阴沉下来，阿荣说了句：“哎呀，真讨厌。”

北斋穿过阿荣用作居室、四张半榻榻米大小、有些昏暗的房间，站在入口地板的边缘，看到土间[①]有一个模糊的人影在移动。随着白净的脸庞和婀娜的站姿渐渐显现，果然如阿荣所说，是一个怀里抱着似乎还在吃奶的婴儿的女人。

“你是谁？富之助的姘头？”

北斋盯着她看了一会儿，突然责问道。晦暗不明之下，女人吓了一跳，动了动身子。

“久五郎，拿盏灯来。”

北斋大声喊道，女人这才开口。

“我马上就会离开。”

女人的声音悦耳又温柔，这让北斋有些意外。他停顿片刻，说道：

“那最好。富之助是我儿子，但我早已不把他当儿子看。不过，可以听听你到底有什么事。”

“请您帮帮忙。”

---

① 指在室内但没有铺设地板、能直接穿鞋活动的空间。通常用于农具存放、做饭等。

女人的身体一下子瘫软下来，屈膝蹲在地板下方。妆容带有的淡淡香气钻入北斋的鼻腔。

“能不能请您暂时照看一下这个孩子？”

“那不可能。”

北斋冷冰冰地说道。

这时，北云拿来了烛台。北云放下烛台，瞥了一眼土间的女人，然后放轻脚步走回屋里。

“真是个美人啊。”

北斋也在地板边缘蹲了下来，仔细打量女人，问道：

“你就是阿丰？”

女人惊讶地抬起头，用怯生生的眼神看向北斋，说了声：“是。”她略显憔悴的鹅蛋脸上，有睫毛投下温柔的阴影。从精致的鼻子到略显娇小的嘴唇，都散发一种让男人心动的妩媚。真像画一般，北斋心想。

看着看着，北斋心中猛地升腾起一股怒火。不用说，这怒火是针对富之助而来。此刻他可能正走在北斋也不熟悉的街道上，在低矮的屋舍间穿梭，眼神凶狠步履匆匆，仿佛在被人追赶一般。

这种绝望的愤怒，逐渐转化为对富之助无可奈何的怜悯，开始啃噬北斋的心。恐惧于这种情绪，北斋的语气变得冷酷起来。

“和富之助分手了？”

“是被他抛弃了。”

阿丰若有所失般说道，看着北斋的眼神空洞，脸色苍白。

“但你来这里是找错地方了。这里没有女人能帮忙照看孩子。更何况，我没有义务收留你们母子。我这个穷画家也没有这个能力。为了那个不肖子，我已经做了所有能做的事。”

“我非常明白。”

“既然明白，就请离开吧。这里很冷。”

“可是……”

阿丰说:“今晚我没有可以过夜的地方。”说到这里，泪水一下子从阿丰的眼眶涌出，顺着脸颊流下，但讲话时的语气依然平静得体。她说自己拖欠了房租，被赶出了住处，一整日都在找工作，但没人愿意雇用一个抱着婴儿的女人。她不要求很长时间，只求能帮忙照看一个月就好。

“听说这里有一位叫阿荣的人，所以我才前来。能不能请您帮帮我？”

“她可不是女人！”

北斋不耐烦地吼道，婴儿似乎被吓醒，开始轻声哭泣。

“我是个行将就木的老画家，马上就要进棺材了。不能一辈子都在为那个没用的儿子擦屁股。”

“……”

“我明白告诉你，当初和他纠缠在一起就是个错误，更别提生孩子。在我看来这简直是疯了。要我说，你把这个烂摊子带到这里，真是天大的麻烦。既然是你自愿生的孩子，那就该你自己想办法善后。”

阿丰慢慢站起身来，发出“嘘嘘”声安抚婴儿。她抬头看了看北斋，被泪水洗过的双眼充满憎恨，但北斋没有理会。

“抱歉讲出让您为难的请求。”

阿丰低声说道，屈身行礼。

“等等，拿上今晚的住宿钱。喂，阿荣！”

北斋朝屋内喊了一声，回过头时，土间已不见阿丰的身影。门就那样敞开着，外面已然漆黑一片。像是漆黑在低语般，传来一阵微弱的风声。

七

北斋走进嵩山房的书斋，发现有位陌生的访客在场。

他与新兵卫寒暄几句，抬起头时，那位客人向他轻轻点头示意。随后继续徐徐谈起，刚刚他们讨论的草双纸合卷的评价。

那是一位沉着稳重的中年男人，略微有些发福，圆脸盘，面颊丰满。北斋从他整洁的短外褂，和熟知出版内幕的谈吐推测，这人可能是嵩山房的同行。他说话时字斟句酌，当中穿插一些不凡的见解。对嵩山房讲的话礼貌且认真地回应，还时不时慢悠悠地抽上一口烟。

北斋的脸色越来越不悦。

他收到嵩山房的消息，说手里有《东海道》的初版，让他过来看，北斋这才急匆匆赶来。他心中很是激动，但同时因这位客人对他的怠慢而感到不快，更觉得他们的谈话絮絮叨叨，说个没完。此外，北斋还很讨厌烟味。

似乎是察觉到北斋板着脸，新兵卫突然说道：

“真是疏忽。二位还是第一次见吧？”

客人微笑，面向北斋重新端坐。北斋感到困惑，对方的笑容像是熟知北斋一样。

“容我介绍，这位是鼎鼎大名的北斋老师，这位则是当下炙手可热的安藤广重[①]老师。”

北斋心中一惊，责备自己为何如此慌乱失措，双颊无法抑制地骤然涨红。他暗自懊恼，为什么没有早点察觉。这个男人，不用说当然就是广重。

然而，北斋脸上的通红只持续了一瞬，很快他的脸色就变得苍白。

“您就是葛饰老师啊。”

广重双膝稍稍退后，榻榻米上双手撑地，毕恭毕敬地说：

“久仰大名。晚辈今后请您多多指教。”

“啊。”

北斋冷冷地回应。

“听说你这次画的作品很了不起啊。虽然我还没看过。”

“实在惭愧。比起画作本身，倒是评价先行传开，让晚辈很是惶恐。”

---

① 即歌川广重。他原姓安藤。—— 编者注

“不，不会有谁去夸平庸的画。是因为画得好才会被赞赏啊。”

“哪里。”

“画家可不能像你这样谦卑，该骄傲自信些。更何况，近来出版商们本来就很趾高气扬，让人头疼。”

新兵卫苦笑。

“不过啊，今后要继续努力。名声太响，以后的路不好走啊。”

“是。”

广重抬眼微微一笑。虽然他敏锐察觉到北斋言语中的恶意，但笑容依旧温和。北斋忽然感到那微笑中透有一股强大的气势，在广重商人般的外表下，仿佛隐藏着意想不到的坚韧。

“您说得对，晚辈才刚刚起步，今后有很多要向您讨教。”

“哪里的话，说不定需要请教的人反而是我啊。”

北斋继续说着尖酸刻薄的话，企图试探广重厚实的肉体下隐藏的锋芒。

“嵩山房，这位初出茅庐，今后立志更加精进。年轻人真让人羡慕。”

广重脸上又现出微笑。在北斋看来，那微笑就像一道不会受伤的柔软屏障。

广重就这样笑着，转向正饶有兴趣看着二人你来我往的新兵卫，说道：

“那么，我先就此告辞……”

广重道别时，北斋在他的侧脸上看到一样奇怪的东西，那是一颗异常巨大的黑痣，长在正对北斋的右脸，靠近耳朵下方，从正面瞧不见。这颗黑痣与广重谦谦有礼的举止正相反，看起来极为倨傲。

送广重到店门口后，新兵卫站着拉开门。

“因为家住得近，所以广重时常过来。他就住在大锯町。”

新兵卫的语气中带着几分辩解的意味，可能是因为他看到北斋刚刚慌乱的样子。北斋没有回应他的话，只是说：

“这雁来红的颜色真好。”

窗外有一丛色彩艳丽的雁来红。因为光线不强，使得红黄两色像是被切割一般，显得格外鲜明生动。

北斋回想起广重那张红润有光泽的脸，心中不禁感慨。真是比不了啊，就算是画家，也不一定要像菊川英泉那样脸颊瘦削苍白。广重的那副样子，看起来简直像某个生意兴隆的大店老板。

“这就是《东海道》。”

新兵卫把画放在北斋面前，北斋默默地拿起一张，紧接着又拿起另一张。

过了片刻，北斋心生些许惶遽。

尽管北斋大体认同北溪和辰斋对《东海道》的评价，但他心里认为，肯定不仅如此。应该有某种能将《东都名所》和《东海道》区分开来的东西。他原以为，只要亲眼看到画，就能明白那是什么。

他的惶遽来自这些画作并没有如他所预期的那样，含有什么超越弟子们评价的东西。

画作极为平易，都是一些似曾相识的风景，再普通不过的人物，没有任何难以理解的地方。在描绘的细致程度和人物的把握上，确实比起《东都名所》更泰然。不过也仅止于此。不管是构图还是手法，都没有北斋看画之前隐隐担心的、那种让人眼前一亮的新奇之处。

由于这个原因，北斋手上翻看画作的动作逐渐放缓，表情也变得严峻起来。

新兵卫默默看着如此样子的北斋，一边喝茶，一边把手放在火盆上取暖，仔细观察北斋拿起的画和他当时的表情，耐心等待这位老画家开口。

北斋心想，辰斋、北溪，甚至北云的看法似乎都没有错。

广重的画中似乎并没有北斋提笔前所固有的反复推敲和舍弃的苦恼。从这个意义上讲，它不符合北斋的审美趣味，但并非不好的作品。反而那种轻快的笔触正是其广受喜爱的原因。

然而北斋心中仍有某种无法放下的坚持。翻看画时，他逐步察觉到画作背后隐藏着类似于强烈自信的东西。这让北斋颇为在意。对于这种极其平易的画作，广重怎么会如此自信满满？

构图、手法、材料、色彩的平凡毋庸置疑。极端地说，和《东都名所》并没有太大差别。广重在这平凡中是否隐藏了什么？就像在他旺铺店主般的外表上，藏着一颗不易察觉、带有几分凶猛的大黑痣。

在一幅画前，北斋忽然停下了手。找寻不到那隐藏的东西让他感到疲倦。最终他认为，广重只不过是忠实地描绘了眼前的风景而已。

这个念头闪过时，北斋茅塞顿开。

就像雾霾散去。雾散后,《东海道》平凡中不寻常的全貌浮现出来。

广重正是有意地,将真实的风景如实刻画。

北斋屏住呼吸,心想与其说是“描画”,不如说是“剪切”。北斋也会将风景剪切下来,不过是作为素材。北斋会与这些素材进行一番激烈的斗争,有些素材会被他利用,有些则会被舍弃。

不过,广重与风景的搏斗,或许在“剪切”的时候已经完成。北斋心想,广重从无数的风景中,截取出那些饱含人间悲欢的风景。换句话说,是选取了人生的一个片段。之后他尽量平易且如实地描绘这些风景。

北斋像看到什么可怕的东西,注视那幅名为《东海道五十三次之蒲原》的画作。

黑夜及其静谧构成这幅画的背景。画面上正飘着的雪,轻轻落在沉睡的房屋上,落在人来人往的足迹上,没有停下的迹象。

北斋似乎听到雪落的声音。正当他这样想时,那细微的雪落声,与巨峰北斋轰然倒塌、地崩山摧的隆隆响声重叠在一起,在他耳边回荡。北斋不由得闭上了眼睛。

八

根岸的田间小路上，到处都飘着花香，几乎让人窒息。

英泉在村子尽头租住的农舍，同样是门旁立着紫玉兰，散发浓郁的香气。北斋停下脚步，拄着拐杖歇了好一会儿，稳定了一下呼吸。

所谓的大门，不过是树篱之间嵌入的一扇随便制作的、粗糙的格子门。用手推也顽固得推不开这一点，倒是很像英泉的居所。北斋苦笑，从格子的缝隙向院子里张望。与其说是院子，更像是一片荒芜的农田，深深浅浅的田垄清晰可见，上面杂草丛生，其中三两株金雀枝胡乱地伸展着枝条，开满黄色的小花。

像是发现了北斋，不久一个女人从屋里跑出来，走近才看清是阿安。

“是老师您啊，真是稀客。”

阿安熟练地打开格子门的门闩，把北斋迎进来，并礼貌地低头致意，她的岛田发髻散发着淡淡发油香。

“你这丫头好久不见，像个大姑娘了。”

北斋说。阿安笑眯眯地看向北斋：

“我去叫父亲，请您坐在外廊稍等。”

说着她又快步消失在屋后。北斋看着她发现，阿安背影还很瘦弱纤细，但腰身已是大人般成熟。英泉说想收阿安为养女，是七八年前的事。年过三十，单身且是男人，说要抚养孩子，本就不太符合常理，但英泉一向不受世俗的束缚。北斋当时只觉得英泉可能另有隐情。

这种奇特的关系维持至今。阿安已经长大，成了大姑娘，还称英泉为父亲，这让北斋有些感慨。已有五年未见英泉，这期间北斋早已把阿安的事情忘在脑后。

“有什么事吗？”

就像是昨天才分别的语气，忽然间站在北斋面前的英泉问道。

英泉依旧瘦削，眼睛大而有神，但脸不知为何被晒得黝黑。

“倒是你，这副模样是怎么回事？”

北斋上下打量着英泉说道。英泉身着一件深蓝色无花纹的夹衣，衣摆撩起，露出精细的小腿，赤着脚，垂下的双手满是泥土。

“是小竹子长得太多了。”

英泉挺了挺后背，坐在外廊上，一边双手摩挲着抖落泥土，一边用他一贯不急不躁的口吻小声说。

“去年搬到这里不久，在上野的山脚发现一些小竹子，就挖了一把种在后院。最近这些竹子多得一发不可收。睡觉时头下面都是竹子，晚上风一吹，枕下的叶子就会沙沙作响。要不要看看？后院满满当当全是竹子。”

“……”

“要是再不管，这家里里外外就要都是竹子了，所以今天决心彻底铲除它们。结果不出所料，变成这样。”

英泉两手一伸，张开指头，轻轻晃动几下。他的手指瘦长，血管清晰可见。

“这片宅地的土壤底下，已经全是小竹子的根，白花花的。”

英泉面无表情地望着院子，语气却十分热情。阿安端来盛有点心的托盘，并给北斋递上水，给英泉递上茶。她对北斋莞尔一笑，像是在告诉他自己没有忘记北斋只喝水的习惯。

阿安脸蛋修长，五官端正，是个美人，但眼中带有一抹暗淡的忧郁。即便像现在这样微笑，仍掩盖不住那种惆怅的神情。阿安退回屋内，英泉突然面向北斋问道：

“话说，今天是有什么事？”

“没，没什么事。就只是想了解你近来在绘画方面如何，所以过来看看。”

“你在意？”

英泉直视北斋小声说。

“不，我不是那个意思。”

北斋微微愣了一下回道。随后他意识到英泉语气中有些许傲慢，于是恼火地补充说：

“我是我，你是你，我才不会在意。”

“那就好。”

英泉淡然说道，接着又轻描淡写补充了一句：

“应保永堂请求，这次要画一组‘木曾街道’系列。”

北斋从英泉身上移开视线，抬头望向天空。天上没有一丝云彩，湛蓝从屋檐一直向远处延伸，布满整个天际。

英泉不该画风景，北斋心想。虽然他能够完成，但画风景不同于画女人。北斋这样思量的时候，也慎重地审视了自己的想法是否掺杂了嫉妒的成分。不过没有嫉妒，反而让他安下心来。英泉一定会栽跟头。

“什么时候出版？”

“大概秋天，现在在画底稿。”

“这不适合你。”

北斋直截了当地说。

“风景画不适合你。”

“无所谓，有人拜托我就画，能赚钱就行。”

英泉又不以为意地说：

“我不像老师和一立斋[①]那样，以风景画为招牌，也不在意什么名声。”

北斋再次移开视线。尽管他不认为英泉是有意冒犯，但这句话却戳到自己痛处。

新年刚过，北斋在永寿堂出版了《富岳百景》，反响不佳。尽管出版商做了广告，种彦撰写序文，北斋本人在书末也写了段话表达雄心壮志，可谓是大张旗鼓地宣传了，但世人已对富士山感到厌倦。

曾经为《富岳三十六景》惊叹不已的世人，面对仅用墨笔勾勒的《富岳百景》，即便其构思不凡、精妙雅致，也不会再为之震撼。除非其中展现远超于《三十六景》的奇想，才能另当别论。然而，那种曾冲击六十八岁老人、眩晕般的灵感，在他创作《百景》时始终没有再现。

---

① 同样为歌川广重的名号。

北斋本人并非没有预料到反响不佳的可能。但当他在书末写下“鲐背之年，仍将精研其奥；期颐之际，或能臻至神妙之境”时，北斋试图向世人发出最后的威吓。在他内心深处，有一种类似于狂野的咆哮，让他兴奋得几乎喘不过气。

然而，由于《百景》的评价比预想还要差，这种威吓变得可悲且凄惨。有人甚至说，这是衰落的老画家无力的长嗥，这话也传到北斋的耳中。从那时起，北斋对广重的感情明显开始带有憎恨的色彩。

“那画的订单，积压了不少啊。”

英泉的声音冷不防打断他的思绪。那声音怪异，几乎耳语一般。北斋看到英泉的脸因充血而涨红，眼中带有放荡的笑意。北斋摇了摇头，不再理会英泉，站了起来。身后，英泉还在继续说着：

“你愿意的话，我可以分些订单给你。怎么样？要不要画？”

九

月亮散发着清冷的秋色，连脚下的小石都能看得清清楚楚。走到柳原，北斋停下脚步，向河堤下的小路远远望去，没有看到行人的身影。

然而右手边成排的柳树，那如帷幕般垂下的枝条间，乃至树影里，肯定藏着用手帕遮住脸的女人，或是屏住呼吸站在那里，或是与男人缠绵。英泉会在其中吗？北斋停下手中的拐杖，站在那里，深深叹了口气，他无论如何都要见到英泉。

傍晚时分，在露月町的人群中，北斋遇见了英斋泉寿。北斋当时正要去若林堂。泉寿是英泉的弟子，熟知北斋与英泉的关系。

“遇到麻烦了。”

泉寿避开人群，把北斋拉到一家花木店的屋檐下，年轻稚嫩的脸上满是愁容地说道。

“是英泉出了什么事？”

北斋下意识地问道，他想起夏初见到英泉时那张异常黝黑的脸。

“师父又发病了。”

泉寿略带苦笑地说道。英泉不知去向已有四五天，弟子们正到处找他。虽然知道他迟早会回来，但两日前保永堂派人过来，说要解约《木曾街道》。惊讶之余，泉寿和同门的英春一起前去拜访保永堂，但保永堂的态度并没有改变。

“我早就听说那个人讲话毫不留情面。”

“他们是说对画不满意？”

“是。”

泉寿抬头看了北斋一眼，眼中流露出羞愧之色，仿佛是他自己犯的错。

“而且，保永堂还说师父吊儿郎当。”

“所以保永堂打算终止《木曾街道》吗？”

北斋侧头疑惑地问道。

“没有，他们解雇了师父，已经找好接替的人选。”

“该不会是我吧。”

北斋打趣地说道。然而，泉寿接下来的话让他的笑容顿时凝固。

“保永堂真这么说了？”

“是，他们明确说由一立斋老师接替。”

北斋在月光下清晰地回忆起，那一刻他脚下的地面瞬间倾塌的感觉。

北斋迟缓地向前走。

分别时，泉寿说：“今晚我打算去柳原河堤看看。”有个制版师傅[①]说，昨晚在柳原河堤看到英泉和一个女人在一起。仅有这一条线索。虽然像是伸手去捉云彩，但既然他不在吉原，也不在其他花街，那在这里找到他也不是不可能。泉寿还没来。

“老爷。”

树丛间，一个像影子般突然出现的女人招呼道。她的声音沙哑得厉害。那是在过了和泉桥，左手边的谷仓将大片影子投射在路上的地方。月光下，女人向北斋露出一个扭曲的笑容。她有着和声音不相称的娇小身材，头巾下露出几缕散乱的头发。

“从刚才就看见您一直在附近转悠，如果想找乐子，来我这边。”

“我在找人。”

北斋回答。

“你这里有来过一个身材精瘦、一双大眼的中年男人吗？”

“不知道啊，来这儿的男人很多，有胖的也有瘦的。不过被我们抓住后，大多是变瘦回去的。”

---

① 制作版画所用木板的工匠。

女人嗓音沙哑地笑了起来。

“比起那个，老爷您要不要玩玩再走？我们这儿经常招待上岁数的客人，价格便宜，漂亮姑娘又多，绝对不亏。”

“你去给我问问其他女人。”

北斋从怀里掏出钱包，找出些碎银递给她。

“我一定要见到那男人。”

附近柳树的阴影处，隐约传来男女窃笑的声音。

“真不好意思，拿了您这么多钱。不过，老爷子，在这种地方掏钱包可不安全呐。”

女人说完，向着身后喊道：“喂，阿丰，你是不是已经完事了？出来一下。”话音刚落，一个男人拨开树枝走到小路上，看见北斋立刻扭过脸加快脚步，朝着筋违御门方向走去。树枝的阴影里，又传来女人的轻笑。

“一个人在笑什么呐？”

小个子女人问。

“他说让我洗手不干，真是好笑。”

说着，这位身材高挑的女人走到路上，低头整理腰带，似乎没有注意到北斋。

北斋突然拄着拐杖，在地面发出“咚咚”声，迈步向前走。尽管胸口马上因喘不过气而剧烈起伏，但他却没有放慢脚步。

“哎呀，这是怎么了？”

小个子女人说道。

“真是的，这老爷。”

毫无疑问，背后传来的是阿丰的声音。

“玩玩再走吧，难得过来。”

北斋仿佛听到什么可怕的事情，加快了步伐。身后突然响起一阵嘲笑声，那笑声粗野、毫无羞耻，让北斋的心一下子冰冷起来。

十

四个男人潜伏在那条小巷。

北斋和镰次郎，还有两人是镰次郎带来的混混。

寒风强劲，云在临近腊月的夜空来往穿梭。因此悬在高空的月亮时隐时现，月光也无法照到小巷的深处。风吹过上野宽永寺的宅邸，吹过新黑门町的民宅之间，让蹲在那里的男人们瑟瑟发抖。小巷的某个地方，似乎有扇门闩松动的木门，被风吹得时不时发出刺耳的声音。

“他不会在这儿过夜吧？”

不知是第几次，去小解回来的镰次郎，向蹲在那里的北斋说道。北斋穿着件破旧的棉服，几处露出棉絮。他用头巾裹住脸，看起来就像一只巨大的猫头鹰般臃肿。

“不会。不过他确实在伊势屋吗？”

“没错，银助这方面很机灵，不会出差错。喂，是吧！”

镰次郎扭头对蹲在后面的胖子说道。男人用与他体型不相符的尖细声音回答：“我从他离开大锯町的家一路跟踪，亲眼看见他进去的。”

北斋站起来，走到小巷出口，对盯梢的男人说：“换一下，你去休息。”

云层碎成一片一片，明月照在下谷广小路的大道上，泛着白光。上野敲响晚十时的钟声，已经过去有一会儿，街上不见一个人影。

北斋时不时会战栗，不知是因为寒冷，还是因为即将要干的坏事。不管怎样，要好好教训他。只要折断一只胳膊，广重也就完了。北斋向内心窥视，试图唤醒沉睡在那里的无赖品性。

“那小子真是得意忘形。”北斋小声咕哝，听起来更像是喉咙里发出的哼唧声。

他不想让广重来画《木曾街道》。对广重来说，画街道风景就像是回到故乡。与画女人的英泉勉强拼凑出的风景不同，广重会如鱼得水。而《木曾街道》也会再次赢得众人的喝彩。这种猜测让北斋无法忍受。

我绝不会乖乖被折磨致死，北斋心想。《富岳三十六景》，那份荣耀已经远去，美好却可望而不可即。如今蹲守在这里的，只是一具老朽丑陋的躯壳。心底深处曾经绝望的咆哮，已久未听闻。

忍川桥前，突然出现一个人影。北斋凝神观望，用手示意后面的同伴。那些男人以令人惊讶的迅捷速度聚拢到北斋身旁。“是他吗？”镰次郎低声问道。北斋没有回答，只是紧盯着那逐渐靠近的人影。有人“啪”的一声打了一个响指，接着周围陷入极度的寂静。只有风声在空中回荡，某处的木门似乎因门闩松动而被吹得嘎吱作响。

人影走近，面容渐渐清晰，果然是广重。云散去后，月光将他饱满的圆脸照得一清二楚。

镰次郎戳了戳北斋的后背。北斋按住他的手，睁大眼睛直盯着广重。急促剧烈的心跳敲打着胸口。

广重手里提着一个木盒，在锦树堂应该喝过酒。听说

《木曾街道》是由保永堂和锦树堂伊势屋利兵卫联合出版。今晚的聚会想必也是为了商量此事，广重受到了款待。

这男人阴沉的脸又是怎么回事，北斋疑惑。简直像是另外一个人。在嵩山房时对广重的印象，在此刻月光下的这张脸上没有留下一丝痕迹。

广重在距离他们约四米的地方停了下来，似乎在犹豫是要拐进同朋町，还是右转。片刻后他低下头，在新黑门町的街角转弯，消失了身影。一切都发生得很快。

“怎么回事，老师？”镰次郎问。

“……”

“认错人了吗？”

“不，是他。”

“那打算怎么办？要是他拐到那边，会有岗哨很麻烦。”

“算了。”

北斋回答。

仿佛卸下某种重担，北斋的心情也几乎平静下来。广重竟还会如此愁眉苦脸，北斋心想。他畏畏缩缩惮于直视，脸上满是阴沉。尽管北斋不知其中缘由，但可以肯定的是，那和画无关。不同于此，那是一张曾饱受沉重打击的真实面孔。也可以说，那张脸，属于一个在人生中经历过无比绝望的时刻，背负着难以愈合的伤痕，并将这些痛苦深深隐藏，继续生活的人。北斋可以用他人生近七十年的岁月，如此断言。镰次郎又戳了戳他的后背，真是个烦人的家伙。

“钱得照付啊，老师。这大冷天，我可足足陪了您两个时辰，晚上痔疮又要痛了。”

“我没有钱。”

“啥？”

“抱歉，一文我都没有。”

“那我明天去拿？”

“来了也是白跑一趟。除非有画的订单，可近来都没有。”

“哈？”

镰次郎把脸凑近，直视北斋的眼睛笑了。他保持着那副笑脸，点了两三下头，紧接着突然眼露凶光，整个身体猛地跃起一尺高。

“你这臭老头！”

听到二人对话的两个流氓，也迅速扑了过来挥舞拳头。男人们嘴上无话，因愤怒而爆发的殴打却带着狠劲儿。北斋被打倒在地，像巨大的毛毛虫爬行在地上，甚至一度以为自己会被打死。尤其是那个叫银助的胖子，他的踢打让北斋的全身都在咯咯作响。

“死了吗？”“没，还在动。”“今晚倒了大霉，真是的。”“撤吧。”“对不住，改天我请喝热酒，各位原谅。”风中，北斋听到那些男人的声音逐渐远去，他趴在地上，伸手去寻找他的拐杖。

北斋回到原庭町的家，已经接近凌晨一时。家中一片漆黑。阿荣说今晚会在教画的地方过夜。北斋推开门，跌入冰冷的黑暗中，从进门处爬到了起居室。

点亮灯笼后，他走到厨房，洗去手和脸上的血迹。全身火辣辣的，钝痛像一层薄膜覆盖全身。

北斋连续喝了几口水，但喉咙仍感到顽固的口渴。他想起两三天前北马带来的柿子还剩下几个，于是在吊柜上翻找出，连皮一起啃了起来。甜味在口中弥漫，冰凉的果肉滑过喉咙，感觉非常舒爽。他把两个柿子都吃得只剩下蒂，然后返回了房间。

灯笼旁摊开着完成一半的画。北斋站在那里看了一会儿那幅画，然后弯腰坐下，把堆放在一旁的睡衣套在头上，拉近灯笼，拿起了画笔。

绸布之上，一只海鸬鹚全身墨黑，伫立在那里。它的羽毛因寒冷而竖立，紧抓光秃秃的岩石，爪子已被冻僵。

北斋长久注视这只鸬鹚，随后开始动笔给背景上色。他先画了蓝黑色波涛汹涌的海，但花了比画画更长的时间，将那些线条和颜色抹去。某种广漠而阴暗的东西，开始将孤独的鸬鹚包裹。鸬鹚以凶猛的眼神，等待不久之后的黎明。尽管有微光，海面依然执拗地一片黑暗。

北斋感到这片暗海永无明日，深深叹了口气，又重新握紧画笔，继续细致地在画布上描绘。时不时，秋风发出如动物般的声音掠过屋顶，丝毫没有停止的迹象。

诱饵

一

“伯父来了。”雕宇唤道。

雕宇在工作间门口，故意用所有人都能听见的音量说，但只有芳藏和矶太抬了下头。雕宇声音沙哑，不是很能听清楚。

雕宇来到甲吉身旁蹲下，又重复了一遍：“你伯父来了。”

“像是有急事儿。手头工作可以先放放。”

甲吉正伏案雕刻木版，他抬起头，默默看着雕宇。这不是个好消息。雕宇在说，最近没怎么露面的那个男人来了。不过即便如此，甲吉也不该埋怨地看向雕宇。与那个男人牵扯上关系的是甲吉自己，而这对于雕宇更是麻烦。尽管明白此理，但甲吉内心却涌起一股情绪，想要违逆雕宇那种仿佛看透一切的表情。男人大概是有工作要交代。这意味着有钱赚。但是，雕宇不知道的是，那男人带来工作的同时，也带来了屈辱和危险。

眼前是雕宇满是皱纹的脸。赭黑的皮肤就像是一个用久了的酒袋，散发挥之不去的酒气。现在，这酒气新鲜浓郁，是因为他刚刚在厨房灌了冷酒。

雕宇在工作间已经帮不上什么忙。只是和还是孩子的矶太一起磨磨凿子、裁下木版，酒毒不知从何时开始侵入他矮小的身体。此刻雕宇蹲在甲吉旁边，放在膝上的手指总是不停地颤抖，而滑稽的是，和手指一起，他那一头白发的小脑袋也随着微微晃动。

甲吉曾亲眼见识过雕宇的精湛技艺。那是出版商委托制作国政①役者绘时的事。国政殁于两年前，终年三十七，年方青壮。但他在二十几岁的当时，已被誉为役者绘鬼才。

那段时间雕宇的刻版工坊有个叫伊助的男人，唯有他能雕刻大首绘②的头部。然而，当将国政的底稿贴在木版

① 指浮世绘画师歌川国政。

② 指主要刻画头部的浮世绘作品。

上后，伊助抱臂苦思良久，最后说他无法完成。前来取木版的印刷师傅助手脸色大变。因为距约定时间仅余半个时辰，任务甚为紧迫。

就是那时，甲吉第一次见到坐在刻台前的雕宇。伊助让出座位，雕宇坐下后，命人拿来酒，一边端详底稿，一边不停独自大口喝酒。其间不时穿插拿起刻刀而后落在木版上的动作。雕宇单膝跪地、痛饮着酒、出神凝视刻台的形象，被百目蜡烛[①]的火光照得通红，看得甲吉屏住了呼吸。这一刻，甲吉看到的仿佛不是雕宇，而是一只幽鬼蹲在那里。

不知从何时起，雕宇的刻刀开始雕刻版面。他的手指不再颤抖。似乎是为了证实这点，雕宇的运刀小心谨慎。不久后他扔下刀，改用凿子，手下的动作如流水般丝滑迅速。也许那时的雕宇，重新找回昔日在本所北口水渠的升阶堂，被称为名人宇七时的雕刻技艺。甲吉眼看在毫无滞涩的凿子下，国政役者绘那充满霸气的线条转瞬间被分明地雕刻出来。

---

① 日本一种又长又粗的蜡烛，由于重量约为一百文目，故得名“百目蜡烛”。另注，文目为日本的重量计量单位，一文目为3.75克。

雕宇的工坊那时仍是一派繁忙景象，会有国贞、英山、丰国[①]等一流画师的底稿订单，也有不少工匠。但如今，这里不再制作市面上知名画师的单幅作品。虽说也有委托，但不过是些折物、读本、狂歌本[②]。雕宇的工坊从一流的位置跌落已久。由于对雕宇的失望，几位技艺精湛的工匠也相继离开。这也是理所当然。他们中的大多数人是仰慕名人宇七之名而来到工坊，就像甲吉一样，但在这里只看到一个醉汉。

刻版工坊日渐衰败，雕宇也愈发苍老。

如今，不过是个年老醉汉的雕宇，对工匠们小心关照，以免他们逃走，仅仅为此而费尽心思。尽管如此，甲吉从未想过离开工坊，这大概是因为他在矶太这个年纪时，目睹了那个夜晚让人汗毛竖立的光景。再加上雕宇早年丧偶，膝下也无子嗣，他的孤独无依也将甲吉束缚在这个毫无希望的工坊。

然而，雕宇低声告诉甲吉那男人来了时，语气中带着逢迎。这让甲吉无法忍受。那种几乎是对亲人才有的羞

---

① 国贞、英山、丰国都为浮世绘画师，分别是歌川国贞、菊川英山、歌川丰国。

② 江户时代收录“狂歌”的出版物。狂歌指一种滑稽、讽刺或诙谐的和歌。

耻和愤恨交织在一起，令他难以释怀。

雕宇对甲吉的感受当然浑然不知，他煞有介事地使了个眼色，用沙哑的声音再次低声说：

“赶紧去吧。”

“可是师父……”

甲吉不快地说。刻台上摆着一块花鸟图的木版，一半还都没雕完。

“这个要求在晚七时前完成。”

“哎呀，剩下的让别人做。”

雕宇语气乐观。他站起来环视四周。芳藏、屁精和矶太都在，但矶太还不太顶用。

“小矶，喜三郎去哪儿了？”

雕宇问在角落里磨凿子的矶太。喜三郎的刻台上，摊开着折物的底稿，连木版都还没放上去。

“不知道。”

矶太头也没回地应道。他刚刚变声，语调听起来很是粗俗。

“中午一过他就马上没了影儿。有个奇怪的家伙来找他，肯定是大白天就在某处干这个。”

说着矶太熟练地挥了挥一只手，模仿倒扣骰盅的动作。矶太讨厌喜三郎。因为喜三郎总是动不动就训斥他，说他凿刀磨得不好、刻台收拾得不干净，他的责骂也总是不分青红皂白。

不只是矶太。其他人对喜三郎也不亲近。喜三郎擅长雕刻头部，是个技艺高超的刻版工匠，但同时很傲慢，经常在责骂矶太后说："这样下去哪能做出好东西。"他的本领让他极为自负。

屁精则沉默寡言，如果不是偶尔在工作间发出那滑稽的声音，甚至难以察觉他的存在。工坊里唯一一个老老实实成家的芳藏，性格温柔得像个女人。这两人从不与喜三郎起冲突，但甲吉有时会和他发生争执。

喜三郎是所谓的流动工匠。来到雕宇的工坊之前，他辗转于城内多个刻版工坊。之所以无法在一个地方安定下来，原因是赌博和女人，这让他在哪儿都待不长久。甲吉从其他工匠那里听说这些。

来到雕宇这里，他也总是将"我可不打算久留"挂在嘴边。尽管如此，他在这里已经近三年。这是因为雕宇对他格外优待，几乎是溺爱至极。

"屁精！"雕宇喊道。

"屁精"这个奇怪的绰号几乎成为这个男人的名字，

当被叫到时，他连眼皮都没抬一下。

“你能替下甲吉吗？”

屁精歪下屁股，放了个响屁，以此表示答应。他站了起来，那张黝黑的圆脸，依旧阴沉地低垂。屁精从不正视他人的脸，看起来应该五十好几，但没人知道他的确切年龄。

但人们只需看到他那弓着的背，就知道这个男人已经做了很久的刻版工匠。

“对不住。”

甲吉也不知道这个男人隐藏的真实姓名。他拍了拍屁精的肩膀，走出了晦暗的工作间。

一出门，二月的寒风便扑面而来。风过之后，甲吉看到目明①德十叼着烟杆站在那里。

二

看到甲吉，德十微微点头，用烟杆在厚实的掌心轻敲

① 江户时代为官家充当帮手，私下里协助侦查犯罪、逮捕罪犯的人。听命于“同心”，往往手下配有“下引”。由于没有正式的官方身份，并常与市井流氓或黑社会势力有瓜葛，因此并不被主流社会完全尊重。

数下，随后摸向腰间将它收好。他面无表情，似乎并没有因等待而不快。对于等待，德十早已习以为常。

“有活儿。去边吃碗荞麦面边说吧。”

言罢，他再次直盯甲吉，目光冷酷，肆无忌惮地确认这个兼职下引①是否仍是条忠诚的狗。德十那张又宽又长的脸一如往常毫无血色，几乎呈灰白，使他的表情更加淡漠。

德十即刻转身迈步向前。甲吉每每看到德十那宽大的背影，内心总会涌起一丝厌恶。他压抑这种情绪紧跟其后。透过那宽大的背影，德十那始终环绕周身的冷酷、阴森的气息，让甲吉仍还无法适应。

然而，一旦踏出雕宇的工坊，甲吉便是两国地区目明德十令人厌恶的手下。现在的状况始于两年前，妹妹阿澄开始咳血的时候。从那时起，阿澄便时睡时醒，似乎已经忘记自己病前的样子。尽管阿澄说话依然充满生气，脸颊泛着桃色的红晕，但就在快要遗忘她是病人的时候，阿澄又咳出如红色花瓣般的鲜血。

---

① 同“目明”，是协助官家侦查犯罪的人。地位低于“目明”，为“目明”手下。从事“下引”的人往往有其他工作，通常是临时雇佣或兼职。

一想到阿澄，甲吉的心总会顿时蒙上一层阴郁。自从双亲早逝，甲吉便以养育阿澄成人、把她嫁到一个好人家作为自己活着的意义。就在这一天临近的时候，阿澄突然拒绝成为他活着的意义，反而成为甲吉新的枷锁。

工作到很迟，疲惫不堪地走在回家的夜路上，甲吉有时会被疲顿中的无望击垮，不由得呆立在那儿，但这种情绪绝不能让阿澄察觉。就像给孩子买玩具一样，他必须时刻为阿澄带来如暖阳般的希望。为了请医生、买药、让她吃上有助于增强体力的食物，甲吉成为德十手下。这是一个同为工匠的朋友介绍的工作。那人为赚赌本，也听命于德十。

德十给的酬劳多少不定，取决于是否有活儿干，但通常是几枚二朱银。为了给阿澄购买希望，这些银子必不可少，每次都带着沉甸甸的重量，落在甲吉手中。

这件事甲吉只和雕宇说起，其他人并不知情。雕宇称德十为伯父，不过是为掩人耳目。

德十沿着马餐町，径直走向神田川，经过浅草御门。过了桥就是茅町。日头偏西，街上人来人往好不热闹。茅町的大街上，人偶批发商、药材店、假花店、绘马[①]店林立，整条街道色彩斑斓。由于靠近藏前，又位于千住街道，商人、武士络绎不绝，还有旅人和装载货物的马车穿行其中。

人群中，德十宽阔的肩膀缓缓前移，最后进入一家荞麦面店。

点了两碗乌冬面后，德十开口问道：

“工作那边没什么问题吧？”

但语气并不像是真正关心，他随即又询问：

“你知道纲藏吧？”

甲吉点点头，一副在估量这份工作危险性的神情，看向德十。

大约半年前，这个叫纲藏的流氓在赌场杀人逃逸，离开了江户。事件发生在靠近小名木川的海边大工町。同心[②]岛原矢太夫接到官府执法手牌，命以浅草桥为中心的一带作为辖地的德十，在两国桥布防。那是夏末的一个夜晚，时间约是夜十一时。身处官衙灯笼光亮中的甲吉，

① 指日本神社和寺庙中常见的一种木制祈愿板。

② 江户时代负责侦查犯罪、维护治安的官职。但地位较低，属于下级武士。手下有“目明”等协助。

记得那晚火光不及之处，黑暗尤显浓重。

甲吉曾见到过这个叫纲藏的男人，距离近得伸手可触。被追赶跑到两国桥的纲藏，手中挥舞着匕首，一度想冲出甲吉一群人的包围。然而察觉到纲藏动向的捕快们，齐声大喝一声“嚯”，纲藏似乎被那声音震慑，向后退去。下一瞬间，他爬上栏杆，跳向漆黑的河面。暗夜如墨，纲藏的身体仿佛在空中就融入了那片黑暗。

纲藏比甲吉大四五岁模样，是个三十岁上下长相精悍的男人。当他逼近甲吉眼前约两间距离时，似乎喊了些什么。虽然声音不甚清楚，但甲吉记得在灯笼的光亮下，纲藏外露的牙齿显得惨白。

河里没有打捞到尸体。后来有消息，有个因私外出的捕快差役，旅途中到达常陆，看到一个疑似纲藏的男人，证实纲藏已逃出江户。

乌冬面端了上来，“吃吧”，德十说。

德十胃口极好。年轻的甲吉才吃了一半，德十已经吸溜完汤汁，边抽着烟边候甲吉。店里很冷清，角落里只有一对中年男女对坐吃着荞麦面。方才端面来的小姑娘，面向这边打了个哈欠。

“纲藏回江户了。”

等甲吉刚一吃完，德十便放下叼在嘴上的烟杆说道。

一位在日本桥某家棉麻布匹店工作的伙计，将这个情报带给德十。德十在两国附近经营一家绘草纸店[①]，出入这里并不会引起怀疑。即便如此，那伙计还是因为紧张而面色发青。伙计名叫清八，以前常出入赌场，曾得德十放其一马。在那个赌场，清八和纲藏有过几面之缘。两三天前，清八在芝神明町的人群中偶然看到了纲藏，未多想喊了他一声。清八的密告可信。

当时纲藏只对他冷眼一瞪，并不见慌乱，而是缓步隐入人群。德十看破，清八之所以前来告密，并非由于在赌场被宽赦之恩，而是他意识到自己和不该打招呼的人打了招呼，而心生忧惧。

甲吉的任务是监视一个女人。

“女人？”

“纲藏的情妇，就住在附近。”

德十吩咐，监视只需从傍晚六时至夜间八时，其他时间已经安排妥当。

上野的钟声敲响，宣告着六时。

---

① 主要出版和销售浮世绘及被称为“草双纸”的插图书籍等娱乐性出版物。

德十低头听罢钟声，“喂”的一声叫来店家小姑娘，匆忙结账后站了起来。

走出荞麦面店，德十沿街径直前行，未几忽而拐进一条小巷。那条路很狭窄，向前不久就是茅町后面的福井町，通向那里的银杏冈八幡。德十的脚步毫不迟疑地迈进了八幡院内。

四周绿篱环绕，院内寂静无声没有人影，地方也狭小逼仄。然而，站在角落的正殿前，可以看到绿篱外一片豁然开阔、枯黄的空地。这应该是六年前茅町大火后的废墟。尽管这片遗弃的土地荒凉破败，但在那片枯黄之中，隐约透出新生的迹象。

空地中间，一条焦黑色的小路从西向东延伸。小路的对侧是平右卫门町的后方，那里稀疏地立着几座像是临时住宅的房子和一些大火下残存的老旧长屋，右手边可以看到福井町三丁目和鳞次栉比的房屋之上，酒井左卫门尉别邸高耸的瓦顶。

德十透过篱墙，细察空地尽头的那排房屋。少顷，他蹲了下来，抽出烟杆吸了一口。甲吉也在正殿前的石头上坐了下来。

太阳即将落山，在酒井家别邸的黑色屋顶上方，高高挂在天际的云彩边缘像是镀上了一层金，闪耀着光辉。风已经停止，但淡蓝色的天和镶了金边的云依旧残留着冬日气息。然而，在江户天空的最南端聚集的一簇云所呈现的蜜柑色，预告着春天已经不远。

甲吉忍受从身下石头渗出的寒意，茫然望向天空。

“喂！”德十喊道。

不知何时，德十身体紧贴篱墙。他向站起身的甲吉，招手示意“过来”。甲吉靠近，德十身上传来浓烈的烟草味，就像雕宇身上总飘着酒气。

“就是那个女人。”

德十扬了扬下巴，低声说道。

从三丁目方向，一个娇小的年轻女人走进空地。她从长屋前面经过，在并排两间像是临时住宅的简陋房子前停下脚步。那似乎是她的住处。女人没有立即进屋，而是站在原地，抬头望着萧瑟的天空。

此时，酒井家别邸上方的乌黑云层，平直的底部被染成一片赤红，预示着日头将落，夜晚就要来临。眺望云层女人的样子，显得格外孤独。

女人走进屋内不见了身影。她便是甲吉从明日起要监视的对象。

小巧圆润的身形和白净的面容，再次缓缓掠过甲吉脑海。就在记忆中确认她模样的时候，突如其来的一丝欣然之情紧接着在心中升腾。

德十像是察觉到他的微妙情绪，挺直后背转向甲吉，冷冷说道：

“那是诱饵。”

德十那张灰白的长脸，依旧缺乏表情，只有眼睛闪着冷峻的寒光，仿佛是另一种生物。

三

半月既过，什么事都没有发生。

今日也是甲吉目送那个名叫阿文的女人走进家门，便从藏身的篱墙现身。接下来，他只需坐在八幡的正殿，等到晚八时弥作来换班。

从那里，可以清楚地看到空地和阿文的家。十余日间，空地逐渐褪去枯色，嫩黄的小草芽开始显眼起来。这些柔和的色彩沉入薄暮。不久阿文家的小窗便会亮起微弱的灯光。

德十告诉甲吉，阿文在鸟越的一家小饭馆打工。阿文从那儿每日返家的时间几乎固定不变，所以监视的工作很轻松。

甲吉在雕宇的工坊，一听到六时的钟声，便中断工作。他对喜三郎和芳藏他们说妹妹身体欠佳，以此作为借口。但工作繁忙时，喜三郎仍会发些牢骚，甲吉通常不去理会，径自离开店铺。在店门口，甲吉确认过怀里的捕棍，便低头穿过街道，越过浅草桥。一路上，甲吉的心情沉重。以隐匿的下引之身混迹于人群中，令他感到痛苦。

然而，随着离八幡越来越近，这沉重的心情开始有微妙的变化。那时流入他内心深处的，像是一丝喜悦。到达院内后，甲吉迅速扫视他设置在空地之上无形的监视圈。其中有仍在玩耍的孩子，有横穿走过的男女，他尤其详察阿文家周围的情况，确保一切正常，等待阿文到来。像这样偷偷等待女人的归来，甲吉在紧张中感受到一种确凿无疑的悸动，这与等待约会女人时的心情颇为相似。

过了片刻，阿文出现在空地尽头，毫无迟疑和戒备地踏进甲吉的监视圈。空地没有其他人影时，甲吉更强烈地感受到圈内只有他和阿文两人。他屏住呼吸，目送阿文走进家门，心中泛起一阵松弛、柔软的情感。

此刻，甲吉蹲在正殿的台阶上，看着阿文家的灯火亮起，内心也变得温柔起来。阿文身处圈内，像是与他约定终身的女人，顺从而又心满意足地待在其中。

星月隐遁，黑暗迅速笼罩空地，将甲吉从脚下层层包裹。他感到今晚也不会有什么事发生。阿文家窗户透过的光亮温暖柔和，而四周的黑暗阒寂无声。接下来，甲吉只需像暗夜海水中的水母一样，仅露出眼睛和鼻子，浸入浓重的黑暗，等待叫作弥作的那个阴沉的男人。

甲吉茫然望着阿文家的灯光。阿文应在灯下吧。德十说阿文是诱饵，但甲吉开始对这个说法感到怀疑。灯下不过是一个孤独的女人。从开始监视以来，阿文和她周围没有任何异常。自然也没有任何迹象表明她与纲藏有联系。没有任何迹象男人会来这里。警戒遍布各地，纲藏可能会在江户的其他什么地方被逮捕。

思及这些，像以往的夜晚一样，甲吉感到自己的心无声地向一个疑问倾斜。如果真是这样，为什么阿文会像被束缚住，独自一人住在那个房子？她没有飞走的翅膀吗？

仔细观察阿文，就会发现她每次在鸟越的小饭馆打完工，总是行色匆匆地径直回到家中。到家后，她就像是惧怕外敌的虫子，静悄悄地待在家里，从不外出。这只是阿文的性格使然吗？或者如德十所说，她在悄然等待那个随时可能出现的男人？对于那个杀人逃逸、不知去向的男人，女人真的会等他吗？

有时，甲吉会借夜色掩护，潜至阿文家周围探察。一晚，透过窗户传来阿文轻声的哼唱，歌声中夹杂着水流和瓷器碰撞的声音。窗内似乎并不像甲吉所想那般，而是无忧也无虑的生活。歌声优美婉转，但对于这个唱着歌的女人，甲吉既觉可怜又觉恼火。

“纲藏一定会去那个房子。人在逃亡时会感到孤单无助，最终会失去理性，糊里糊涂地回到女人身边。证据就是，你看，那家伙已经潜入江户。”德十笃定地说。阿文或许凭女人的直觉也感受到这点，所以耐心等待说不定什么时候就会归来的男人。

甲吉倏地站了起来。阿文家的灯灭了。

只有那房子的一扇窗户在他眼前突然陷入黑暗。其他家都还亮着灯，显然还没到睡觉的时候。阿文一定是有原因才熄了灯。想到这，甲吉感到一阵战栗通过全身。他确信阿文那里肯定是出了什么事。

甲吉从怀中抽出捕棍，放轻脚步跑到篱墙边，向漆黑空地的那一侧张望。阿文家周围没有任何人的踪迹。如果纲藏出现，甲吉需要跑到茅町的值房去通知驻守在那里的人，按照事先决定的次序，他们会向德十报告。

那是个暗夜，但道路隐约泛白。片晌传来微弱的开门声，一个黑影出现在那条路上。随即响起木屐的声音，甲吉知道那是阿文。黑影小跑着向茅町方向移动。这是阿文第一次试图从甲吉设下的监视圈中脱身。

甲吉用力一跃，翻过篱墙，像野猴般飞奔横穿过空地。胸口起伏得厉害，不仅是由于动作剧烈。阿文是不是去见纲藏？他心中涌出这样的想法。事态似乎朝着意想不到的方向发展。甲吉边奔跑，边快速估算阿文去往的方向和值房之间的距离。然而，德十、雕宇和阿澄的面孔登时无序地掠过脑海，让甲吉觉得这一切或许会就此终结。

当跑到茅町后街时，他看到阿文从一直藏身的八幡神社鸟居前，右拐走向茅町。

借着从大路射过来的微弱光线，甲吉清楚看见双手环抱胸前的女人身影。

一到大路上，甲吉便停下脚步，迅速环顾四周寻找阿文。但似乎并没有这个必要。阿文就在四五人开外的人群中，慢慢向前走着，店前的灯笼光映在她白皙的侧脸上。此刻，甲吉方觉街道异常灯火通明，像是在过节，挤满熙攘的行人。

街道两旁的人偶店，各自屋檐下挂满红灯笼。人群边探头观看店前摆放的女儿节[①]人偶，边缓缓向前移动。甲吉这才明白，女儿节前的大特卖，今日是头一天。

阿文或许只是来逛女儿节集市。尽管这么想，甲吉并没有放松对她的警惕。不知不觉间，他感到自己已完全进入下引这一角色，变得心思缜密。

他装作被人流推搡的样子，站到阿文身侧。阿文蹲下身看人偶，细长柔顺的发丝，透出淡淡血色的脸颊和耳垂就在甲吉眼前。她歪着头，朱唇微启，专注挑选人偶的侧脸显得稚气。阿文看起来二十岁上下。

“这个多少钱？”

阿文指着人偶问道。甲吉听到她清澈的声音中带着些许口音。可能价格太贵，阿文失望地轻轻摇头站了起来。站起的同时，她的身体碰到旁边的甲吉，发出“啊”的一声并抬起了头。

甲吉装作毫无察觉一般，从阿文身边走开。

---

① 日本传统节日，也称桃花节。为3月3日。每逢此时，有女儿的人家都会摆出做工精湛、造型华美的宫装人偶来祝福女儿幸福平安，健康成长。

一种剧烈的痛楚贯穿甲吉胸膛。深深刺入他内心的，是阿文的眼神。她不带有一丝怀疑地看着甲吉，想要说些什么。阿文想说什么？甲吉慢慢走远，对怀中捕棍的重量充满憎恨。

疼痛过后，像是在抚慰这创伤，一种既非喜悦也非悲苦的情绪缓缓袭来，很快就沉甸甸地填满了他的内心。

喧闹扰攘中，甲吉停下脚步，回头再次寻找阿文的身影。这次，不再是为了监视她的行踪。

四

“干什么！你这个色鬼！”

工作间里乍地响起阿泷的叫嚷，接着传来茶碗掉在地上摔碎的声音。所有人都抬起了头。体格健硕的阿泷，像个金刚佛祖一样叉腿站立，用手掌擦着嘴。就在她眼下，喜三郎盘腿坐着，满脸坏笑。雕宇说去出版商那儿，他出门后，阿泷正给大家递茶水。阿泷在雕宇家做女仆已是第六个年头。年龄大约二十五六岁，从未听说过有人提亲。阿泷性格爽朗，但个头高大，相貌并非姣好。

“干吗，又不是什么黄花闺女，至于发这么大火嘛。”

“我还就是黄花闺女！这身体可宝贵着呢。我可不是被你这种烂人亲了会高兴的女人。”

“生什么气啊，就是想逗逗你。”

“我说过别招惹我。”

阿泷噼里啪啦说完，似乎爽快了，捡起茶碗的碎片，向着甲吉一笑。

“这事肯定要看人而定啊！是吧，小甲？”

“你以后都别想喝我泡的茶。”阿泷再次狠狠地呵斥喜三郎一番，旋即走了出去。

“啧，没人要的老女人，还敢唠叨。”喜三郎一脸不屑地嘀咕了一句，又继续干起活儿来。不一会儿骤然响起凿子被扔出去的声音。

“啊，真是无聊，不干了！”

喜三郎高声抱怨，没有人回应他。

“我真要走了！这里真让人郁闷！没有像样的活儿，工钱自然也不高。雕藤啊，佐市啊，听说都比这里给的多得多。好想去个像样的地方雕刻美人头像啊。”

“那你就去啊。”

甲吉说。他对喜三郎的牢骚早已厌烦，没有必要再为情面去迎合。

“不过啊，”在角落里的矶太插嘴，“你想想，能从大白天开始就玩骰子，这么轻松的地方别处也没有了吧？”

“你这小屁孩闭嘴！”

喜三郎瞪了矶太一眼。

“说我大白天玩骰子？那某些人又是怎么回事？是吧，芳、屁精，你们最清楚！某些人啊，还没天黑呢，就说今天到此为止，拍拍屁股走人了。然后呢？托这人的福我们得听着晚上八点十点的钟声，收拾这些烂摊子，累得半死。”

“你是在说我吗？”甲吉反问。

“当然就是在说你。”

似乎就等着甲吉这句话，喜三郎立刻反击道。喜三郎虽然个子高，长相也算英俊，但一吵架就龇牙咧嘴，一副下流卑鄙的模样。

“这样啊，那你就说清楚点。不过我得说，对于芳哥和屁精叔，我确实觉得愧疚。但对你，我可不觉得有半分歉意。”

“哟，你敢这么讲话，啊？”

“啊，就像矶太说的，你白天黑夜地玩骰子。你没做完的那些活儿，我可是帮了不少。算扯平了吧。”

“那我问你……”

喜三郎在刻台后露出坏笑。

“你小子一到六点，急匆匆地去了哪儿？”

“只是回家而已，为此已经和大家道过歉。”

“胡说八道。你家不是在相生町吗？回相生町的话，为什么要经过浅草桥？嗯？你总不会是走错桥了吧？”

“你跟踪我？”

甲吉不由得发出近乎悲鸣的高亢声音。他下意识地直起身，抓住凿子。涌上心头的屈辱感中，有一种类似于杀意的念头猛地掠过，让他有了如此冲动。

他想杀了这个男人。如果他真的看到作为下引的甲吉，缩肩低头走在街上的模样。

他再次用低沉的声音问道：

“你跟踪我了？”

“甲吉，怎么回事？”

芳藏站了起来。

“可别做傻事。”

“什么啊，这么吓人的表情。”

喜三郎像是被压过气势般，语气缓和了些许说道。眼中闪过一丝怯惧。

“用不着那样瞪我。不过是前些天偶然看到你过桥，我可没那么好事跟踪别人。”

“喜三哥，”矶太喊道，“有客人找你。”

有什么人站在门口，向工作间内张望。只有矶太注意到。喜三郎像是得救般起了身，但即刻又改变主意，压低声音问：“是谁？”

“这个。”

矶太伸出小指，轻轻晃动几下。脸上开始长青春痘的矶太正是喜欢模仿大人这种举止的年纪。

“笨蛋，说我不在，快说我不在。”

“真不巧啊，人家可听见了。”

一个女人的声音从土间传来，声音娇媚，似乎惯于和男人打交道。喜三郎咂了下舌，走出工作间。可以听到他在门口低声和那女人争论了几句，接着把那女人带到了外面。

“抱歉。大叔、芳哥。”甲吉说。

对喜三郎的愤怒像潮水退去般消失，剩下的只是一种悲凉的心绪。无论内心如何辩解，身为下引是事实。即便被喜三郎瞧见，他也不该因此对喜三郎发怒。

“哎呀，这不是你的错。那家伙最近在赌桌上连连输钱，心情不痛快。不过，以前这里不是这样。”

芳藏声音温和。芳藏的这份体谅更让甲吉感到内疚。就像芳藏所说，雕宇的工坊里充斥着冰冷颓废的空气。昔日说说笑笑、喧闹的时光恍然如梦。近段时间，大家都埋头默默工作，稍有言语，便是激烈的争吵。甲吉心想，这其中也有自己的责任。

“但刻版师这种工作，大体也就是那么回事，没什么了不起。”

芳藏又淡淡地说道。芳藏大概是想到刚才和女人一起离开的喜三郎。角落里的刻台那儿，屁精放了个响屁，就像是在附和似的，但没有人笑。

六时的钟响起。甲吉马上回到手头的工作，收拾好差不多雕刻完成的折物。

他站起身说：“抱歉，今天也得先走了。”

芳藏依旧语气温柔地回应：“啊，没关系。”但屁精没有抬头。甲吉就像是逃一般离开了店，心里很是窘迫难安。

巷子里下着似雾一样的细雨。因为这雨，街上已如日暮般晦暗。

甲吉掏出手帕裹住头，快步向前走去。他看到喜三郎和女人面对面站在一屋之隔的假发店檐下。那女人虽算不上美人，但浓妆艳抹的脸和一眼就可知是情色行业的风流打扮，格外惹人注目，展露出成熟女人的韵味。走过时，甲吉听到女人说："这样做可行不通，迟早会遇到大麻烦。"

喜三郎回应了什么，但声音太低甲吉没听清楚。

五

甲吉坐在神社正殿的台阶上，看见阿文撑着伞出现在空地的对面。

阿文低着头，脚步稍显匆忙。甲吉望着她那圆润身体的轮廓，心中再次像以往一样，被一种类似温柔的悲伤所填满。

每到傍晚，阿文就会回到甲吉伸手就可以触碰到的地方，但也仅此而已。如果阿文真的在等待某天出现的纲藏，那甲吉便是她最应畏惧的下引。即便这只是甲吉不情愿戴上的面具，但在阿文眼中，也会像是一个恶魔的面具。女儿节集市那晚的情景，恐怕再不会重现。

不消时日，纲藏会在这里或是某个其他地方被捕，而甲吉也不会再见到阿文。最终两人会这样没有任何交谈地分别。

细雨依旧，叫人误以为是雾一样绵绵无声地润湿了地面。由于雨的缘故，空地处比平时更早地笼罩着暮色。不知何时，草已冒了尖，空地一片青绿。昏暗的光线下，可以看到草地上点点开放的蒲公英的花簇。潮湿的空气中弥漫着瑞香花的芬芳，不知哪里传来孩子的欢叫和男人的咳嗽声。

有两个男人出现在小路上，站在阿文前面，甲吉心不在焉地观望了会儿。男人们像是开玩笑似的挡住试图回家的阿文。甲吉没注意到这两人是从哪里冒出来的。

甲吉看到阿文转眼被那两人拖拽进家里，还撑着的伞也掉落在路上，心想“糟了”。这异常的偶发之事就只发生在甲吉猛然站起身的眨眼工夫。

甲吉一个弹跳跃过篱墙，滑倒在草地上。虽然并不痛，但衣物被雨水浸得湿淋淋。甲吉无暇顾及，他疾奔穿过空地，将身体紧靠近阿文家侧面，从怀里抽出捕棍。

冷不防地响起一个浑厚沙哑的声音：

“别说你不知道，已经有两个小子见过纲藏，还和他讲过话。这里没他消息怎么可能啊。”

怒吼般的声音，对周遭毫无顾忌。阿文回答了什么，但声音太小，甲吉没能听清。

“别开玩笑，我们可赶时间。在纲藏那家伙被五花大绑抓进牢里前，我们有话要问他。很重要的事，涉及一大笔钱。大哥就是这么说的。来，把灯点上，黑漆漆啥也看不见。”

甲吉把捕棍塞回怀中。

“其中一人可能是纲藏”的想法带给他的震惊感消失后，甲吉都快蹦到嗓子眼儿的心也逐渐平复下来，但如何处理这两个闯入的流氓是个棘手的问题。甲吉的脑子飞快转动。直接冲进去，让阿文看到他拿着捕棍的样子显然不妥。如果这被德十知道，德十一定会把他从这个任务中撤下来。但不露捕棍解决他们几乎不可能。作为一名下引，根据甲吉以往对付这类人的两三次经验，这一点非常清楚。

关键在于迅速果断地正面压制。这样，他们往往会意外地轻易退缩。但如果拖延或示弱，他们则会毫不犹豫地露出獠牙。情势凶险，甲吉决定先行观察时，猝然传来一声怒喝。

“你个臭娘们，竟敢顶嘴！算了，带她去见大哥！”

没有听见阿文的声音，但传来什么东西砸在地上的声音。无奈之下，甲吉只得绕至门口。

甲吉进去一露脸，屋里的人都齐齐转过头看向他。灯笼旁盘腿坐着一个肥头大耳的中年男人，鬓角到下巴满是青色胡茬。瞪向甲吉的怒眼圆睁，上面的横眉也是紧蹙。男人身后还有一个年轻人，双手抱膝倚墙而坐，瘦削的下巴搁在膝盖上。这人长得俊俏，细长的一双眼睛似乎在盈盈笑着。

阿文站在墙边。

胖男人首先开口说道："吓我一跳！还以为说某人某人就到，纲藏回来了哪！你小子是谁？"

"我是谁不重要。"甲吉说。

话一出口，内心就不再慌乱。接下来，只需不急不躁地应对即可。

"总之，你们得离开这儿。"

"哟！哟！这可真有意思！"

那个胖男人转身正对甲吉，瞪大圆眼，上下打量他。

"听见了吗，巳之？这闯进来的小兄弟让我们滚。怎么办好啊？而且他这口气，不觉得太嚣张吗，啊？"

被称作"巳之"的年轻男人抬眼看向甲吉。甲吉忽觉那视线扫面而过，回望过去，这年轻男人眼中似乎含笑，但细看却不带一丝笑意，令人脊背发凉。甲吉这才发现，自他入门，这男人的右手始终插在怀中，恐是藏有利器。

“小兄弟，到底什么意思？我们和这位姐儿有要紧事商量，话还没说完。也就是说，我们还要再待一会儿。你是哪位？是这姐儿的相好？嗨，是谁都无所谓，但别来打搅我们。要是坏了我们事儿，我这人还算客气，但巳之吉可不是那么好说话，可能会伤到小兄弟你啊。”

年轻男人似乎再次缓缓抬眼。即使不看也能感受到那里的危险气息，阴森悚然。

“让你们误会可不好。”

甲吉说着，从怀里拿出捕棍，漫不经心地敲打在摊开的左掌，发出声响。他注意到男人们脸上迅速闪过的反应，缓缓说道：

“坏事儿的是你们。这里布了罗网，你们却擅自闯了进来。外面的人可都急得不行。”

接下来就只要掌握好呼吸。甲吉停顿了下，压低声音又威吓一句：“快给我消失。”

“什么啊。”

胖男人老实站了起来，脸上挂着笑容，是谄媚的笑。

试图用这卑贱的态度与捕棍保持安全的距离。

“一开始说不就好了，我们没想妨碍大人们的事，只是不知道情况嘛……”

“喂！”他催促年轻男人，年轻男人缓缓站起身，用阴沉的目光盯着甲吉。胖男人戳了一下他，那年轻男人才忽地移开视线，走出了房间。

甲吉感到浑身冒着的冷汗，顺着皮肤流下来。他把捕棍收回怀中。阿文仍立在原处，看向甲吉的目光恍惚。

甲吉觉得必须对阿文说点什么，把事情圆满地解释清楚，但他感到极度疲惫，已无力开口。他也有种破罐子破摔的情绪，只要不是傻子，阿文肯定已经看穿了一切。而且再怎么解释，她已经看到自己拿着捕棍的样子，这也让甲吉感到绝望。第一次见到阿文以来，心中那种不断涌流的悸动，现在显得异常遥远。我是一名下引，而阿文不过是被监视的女人。捕棍已经为这一切画上了句号。

“伞我放在了土间。”

甲吉勉强开口说。即使是徒劳，他也必须找个借口离开。

“路过的时候，恰好看到你被拉了进去。还好赶上了。”

“……”

“那些混混你认识吗？”

阿文摇了摇头。尽管她没有回答，但甲吉看到她的眼睛又恢复了生气。和那晚一样的眼睛。甲吉的内心黯然。他知道，再不会和这个女人像这样面对面，也不会有这样的交谈。

“这样啊。这些人应该不会再来，但你还是要小心。”

甲吉点头致意，说了声“告辞”，便转身离开。

背后突然传来阿文的声音：

“我知道自己在被监视。”

六

那语气虽漫不经心，但阿文的声音直接扎向毫无防备的甲吉后背。

甲吉惊慌，转过身来。脸上的抽搐是因为羞愧，但阿文像是误解了这表情，急忙说道：

“你不必在意，监视我是你的职责，这也是没办法的事。况且，以我这边的情况也是理所当然。”

“可以坐会儿吗？”甲吉询问。他感到阿文敞开了心扉，尽管不知为何，也许阿文语气的温柔只是源于她过去曾与男人同居生活的习惯。倘若阿文果真在向他敞开心扉的话，有些疑惑甲吉一定要问清楚。

阿文说去泡茶，便走向厨房。她站在厨房，背对甲吉说:“不过，今晚多亏有你。”

甲吉看着她娇小的背影，问道:

“你在这儿是在等纲藏吗？”

这是他内心长久以来的疑问，说出口后，甲吉便侧耳等待阿文的回答。

“我吗？”

阿文一下子转过身来，用近乎责备的眼神看着甲吉，语气像是听到了什么出乎意料的问题。

“我看起来像是那种会为了一个杀人犯守身等待的女人吗？”

“这哪知道，毕竟什么样的人都有。”

甲吉小心回答，试图揣测女人的心思。

阿文端来茶，递给甲吉，小声嘀咕说:“真恼人。”她的脸上浮现出若有所思的神情，继而转为带有落寞的阴郁。这个阿文与女儿节那晚看到的那个截然不同，更加浓重的荫翳让甲吉的心为之动摇。

“你这么想也不奇怪。我是被骗才和他在一起，同居了两年多。邻里街坊的眼是千面镜啊，可是……”

阿文倦乏的眼看向甲吉。

“真是受够了，我从来没打算和一个杀人犯在一起。”

“但你好像并没有打算离开这个家。只要你还在这儿，总有一天那个男人会回来。”

甲吉再次深入试探女人。

“那是因为没有其他地方可去。而且，如果有人监视，我想他也不会回来。住在一起的时候，他能随随便便三个月都不回家。”

这些甲吉从德十那里都曾听说。纲藏出事时，德十很快就从邻居的嘴里探听到这些情况。纲藏显然是个无法安于一处生活的男人，吸引他的，是更为激烈、火花迸溅的生活。

“你没有老家吗？”甲吉问。

“像是审问啊。”阿文用手掩面，看向甲吉，侧头笑了起来。甲吉听到她的喉咙里发出咯咯的声音。

“笑什么，我可是很羡慕有老家的人。”

“是啊，在江户可不曾遇到什么好事。”

阿文说有茶点，便去了厨房。她背对甲吉，像是自言自语似的说：

“我有一个遥远的家乡，远得几乎要忘记了。但那儿已经回不去了。”

甲吉理解了阿文的孤独。他无法再按捺心中涌起的强烈情感，站起来走到阿文身后。甲吉把手放在她肩头，阿文轻轻发出“啊”的一声。但并没有反抗，只是身体微微颤抖低下了头。

甲吉稍稍施力，将阿文的身体转向自己。“手还湿着呢。”阿文双手垂在两侧，声音沙哑地低语道。但甲吉毫不在意地把她揽入怀中，她便安静地委身倚了过去。一股清香充满甲吉的鼻间，怀中紧实而富有弹性的肉体，使他迷狂。他抬起阿文埋在他胸前的脸，吻了上去。阿文小巧的唇火一样炽热地回应男人的吻，传来一阵战栗。

两人纠缠着回到茶室，直接倒在榻榻米上。阿文躺下后身体有些紧张，而当甲吉再次吻上她时，她的身体立刻变得柔软，深深陷入男人的怀抱。

昏暗的灯光下，男人和女人紧密相拥，甚至试图更加深入地进入对方，仿佛害怕两人之间会有一丝缝隙，似乎有某种力量在推搡着他们。为了抵抗这股激烈的力量，他们只能紧紧拥抱。男人缠住女人的脚，女人穿着的和服衣摆敞开，露出她白皙的小腿。女人感到羞耻，更加用力地向男人靠了过去。

甲吉解开女人的衣襟，想要把手伸进去。他看着女人的脸。女人的面庞泛着红潮，唇因急促的喘息而微张，露出白皙光洁的牙齿。眼睛由于用力地紧闭，睫毛不停地颤动。

质地粗糙的夹衣，遮盖女人丰润的乳房。甲吉用手掌轻轻握住揉捏，阿文的身体向后一仰，随即更用力地抱住了甲吉。她贴近的脸颊滚烫，让甲吉吃了一惊，而阿文的身体更像高烧时发冷一样，浑身不住地剧烈颤动。

甲吉的手撩开她的衣摆，从双膝之间滑进柔软富有肉感的大腿内侧，在试图探寻她温暖的深处时，阿文拒绝了他。她双腿紧合，将甲吉的手夹在丰满的双腿之间。

“不要。”

阿文喃喃说着，像是猛然清醒过来，自远方回到现实，睁开了眼。她不再颤抖，身体也渐趋僵硬。

“怎么了？”

“在这里不行。”

阿文说着，睁开眼抬头望着甲吉，双眸似是刚哭过般湿润。横躺着的阿文的脸，眼角微挑，颔下线条分明，看起来恍若另一个女人。

甲吉无法平息体内的欲火，不满地说：

“哪里不都一样。”

“不一样。”

阿文这次语气干脆，起身侧坐看向甲吉，又恢复原本阿文的样子，但脸上笼罩一层似是光辉的东西。不仅是阿文的面容，她的全身都透着鲜明的女人风韵，完全不见女儿节那晚的稚气之态。短短时间，阿文转身变为一个美艳娇柔的女人。

“那人也许会来，心里不安定。”

阿文的声音温柔，但甲吉感到自己高涨的情绪如潮水般退去。他心里并非没有这样的顾虑，只是被欲望淹没。甲吉点了点头，站起身穿戴好。阿文伸手帮他整理，片刻后徐徐起身，慵懒地抬起手臂梳理头发，送甲吉到门口。那样子像是倦于情事一般极其绮媚妖娆。

出门前甲吉回头，热切地低声问道：

“那我们何时何地再见？”

“黑船町的河边，有一家我熟悉的小饭馆。那里的话不用在意旁人。之后我会与你讲合适的时间。”

甲吉点点头，再次轻触女人柔软的指尖，遂出门而去。

雨已停歇。月意外地爬上晚空，似乎是刚刚升起，红彤彤地悬挂在茅町后高大的橡树间。雨后的水汽化成雾霭，道路和空地掩藏其下，仿若被白色的布覆盖。甲吉像夜行的盗贼，穿过雾气弥漫的空地，翻过篱墙。正当准备登上台阶时，甲吉愣住，停下了脚步。

微暗的月光照亮了回廊，一个黑影蹲在那里，是工匠打扮的弥作。弥作有时像今晚一样穿着围裙和短外套，一身工匠的装束，有时又完全是个商人的模样，还有时头裹汗巾，肩担货物，叫卖秧苗。弥作五十上下，尽管个子矮小，但身板结实强壮。交接班的时候，甲吉无论说什么，弥作从不回应。弥作的缄默中，仿佛隐藏着与德十相似的冷酷和阴森。

“来得挺早啊。”

甲吉强掩内心慌乱说道。弥作没作声只是看着甲吉的脸。能如此毫不畏惧地长久注视他人，这男人显然是个漠然无情的人。弥作的嘴微微张开，像在观察一件物品一样，目光紧盯甲吉。

一股让人双腿发软的恐惧猛地袭向他。放松紧绷的嘴角仔细一看，弥作正不出声地笑着。甲吉觉得弥作一定是目睹了他从阿文家里出来的情景。但恐惧的源头，更直接地指向这个难以捉摸的五十岁左右的男人。

七

从敞开的窗户吹进一阵微风，夹带着海水的咸湿味道。大概是因为此刻墨蓝的潮水正流过大川吧。

甲吉双腿交叉躺在那儿，看着火红的云层逐渐褪去颜色。云倏地暗淡下来，而夜色也迅速将整片天空和它下面的市街包裹。甲吉屏息凝神，静待女人的到来。

自从那晚将阿文拥入怀中，已过了十天。昨夜阿文悄悄来到神社院内，低声说她今天从鸟越町回来时会直接来这里。甲吉清楚记得阿文说这话时，眼角因紧张而微微上挑的表情，这使他不由得一阵揪心。

甲吉向雕宇借了些钱。雕宇虽然二话没说把钱借给了他，但问了一句:“伯父那边的事还没办完吗？”

甲吉回答说快了。他嘴上这样说着，心思却在女人胸前隆起的雪白乳房上，而全然不在此。纲藏总有一天会被抓住，但这已经无关紧要。今晚阿文将成为甲吉的女人。

那晚甲吉以为被弥作瞧见，但事后德十对此事并未谈及，应该是弥作没有多言。大概不是弥作来得早，而是甲吉超过了约定的晚八时。其他时间阿文一直被其他人监视，但从六时到八时之间，阿文只属于甲吉。

“我来把灯点上吧？”

一个声音冷不防响起，是一个女人轻悄悄地上了二楼，向甲吉询问。女人年近中年，身形丰腴饱满，皮肤也细腻光滑。她麻利地点亮灯，看了一眼站起来的甲吉。

“要不要拿点酒来？”

“不用，等下再说。”

甲吉语气生硬地回答。这样的小饭馆，甲吉还是第一次来。

“好的。哎呀，阿文来得真晚啊。”

女人缓缓说道，看着红着脸的甲吉，轻轻一笑走出了房间。

阿文和甲吉说，到这家叫做“荣屋”的小饭馆来，报上自己的名字等她，但阿文却迟迟不来。从鸟越町过来并不会花太多时间。还是说，她出了什么事？甲吉内心极为不安，但他又转念一想，这不过是等人时常有的感受吧。

不知不觉，窗外天色已暗。河边的风轻柔地吹进来，让人稍感寒凉。

见到阿文，我该从哪儿说起？甲吉想。之前的那晚，他没有坦白自己的本职是刻版师，这让他很是懊悔。最先应该告诉她这个事实。此外，还要和她讲，在雕宇的工坊自己刚刚接触雕刻头部，再将技艺稍加磨炼，日后想自立门户。然后雇得两三个徒弟，但不会像雕宇那样，而是用心培养他们。

甲吉想象着：阳光透过小窗斜射进工作间，自己整日埋头雕刻，而阿文会送来茶，关心地询问他工作的进展。那时候，这该死的捕棍当然已经还给了德十。

甲吉也必须向阿文如实说明，自己身边有个名叫阿澄的病人需要照顾。但阿文肯定会说，照顾一个病人，没什么大不了。

甲吉霍然站起身，向窗外的大川俯视。一艘灯火通明的船从下游驶来，在甲吉眼前经过，随后仅余黑暗。月亮似乎还没有升上来。

甲吉凝神望向那一片漆黑，心想阿文不会来了。

幸福的遐想像最后的烟花一样四散后，剩下的是挥之不去的阴暗疑云。因她迟迟未到而生的焦躁逐渐演变为内心的怀疑，是从什么时候开始的呢？或许是从看到窗外的云团褪成灰色的时候吧。如今只有可怕的猜忌在他心头盘踞。

团团疑云的深处，甲吉终于看到一个居心叵测的陷阱。如果说有谁会设置这个陷阱，那人毋庸置疑只能是纲藏的情妇。

甲吉下楼付账时，脸上的惨白和焦躁的神情，也许会被那位丰腴的老板娘误以为是被女人抛弃的男人的恼怒。但甲吉已无暇顾及这些。

出了门，他在黑暗的小路上飞奔。大街上还有零星的行人和稀疏的灯火。一路疾驰而过的甲吉吸引几位过路人驻足停留，投来目光。

他从藏前一路跑到鸟越桥。甲吉边喘着粗气边想，跑也无济于事。恐怕阿文把他引到黑船町，而自己则趁机从平右卫门町后的那间房子逃走。她逃去了哪儿？ 不用说，当然是去和纲藏会合的地方。昨晚他们应该碰了头。也许是从鸟越町回家的途中，是纲藏本人或遣人等在小巷某处，低声告知阿文这个计划。

甲吉似乎看到，空地的对面，只有那一户没有点灯的房子，黑漆漆地伫立。那里一片死寂，没有一丝人的迹象。

但那一切又算是什么？ 一边继续奔跑，一边将唾液咽入干渴的喉咙，甲吉把这样的念头作为最后的希望。压在手臂上肉体的触感还记忆犹新，仿佛花瓣般不住颤抖的小巧的唇，那毫不吝啬袒露的白嫩胸脯，那甜美的发香……那些都是虚假的吗？那晚，难道是阿文为了今夜之局而演的戏码？

“不，不是的。”有个声音在否认。

到了瓦町，甲吉停下奔跑，改为步行。甲吉一边走一边擦拭不断涌出的汗水。阿文原本是打算去黑船町的吧？也许发生了什么让她无法前来的意外。甲吉如同垂死者寻求救命稻草般，心中这样想着。猝然间，在他眼前浮现已成一具尸体的阿文，旁边纲藏握着匕首茫然若失地站在那里。他刺死了这个变了心的女人。

甲吉甩了甩头，驱散这些幻想，又开始小跑起来。

当他冲进神社的院子时，看到了一幕完全没有预料到的景象，不禁咽了咽口水。

院内和平常的夜晚一样寂静无人，但空地那边代替以往漆黑一团的是一如正午般的明亮。官衙灯笼的光交织重叠，形成一个半圆，将阿文家层层围住。光亮下，默然伫立着一众黑黢黢的人影。

甲吉翻过篱墙，步入空地，怔怔地站在那儿，没有人回头看他。

阿文家的窗户透着灯光，这平常的光景，在此时显得格外诡异。

“纲藏！”

不知从何处传来德十的声音。不再是他惯常那种低沉语调，而是浑厚且威严。

“你逃不掉的，赶紧出来吧！”

“如果你乖乖出来，上面也会给你一条生路。”

另一个声音接着说，是同心岛原。

捕快之中很快掀起一阵轻微的骚动。

甲吉看到一个男人推开门，缓缓站在屋檐下。那人走到路上，“呸”的一声啐了口唾沫，然后环顾四周的捕快说道：

“这么多人来迎接，真是辛苦了啊。什么啊，我没打算逃！要是想逃，我才不会来找这个女人。嘿，我可不傻，早知道你们在这儿等着抓我。罢了，是时候算总账了，四处逃亡的日子，我也早就受够了。”

“可钦可佩啊，纲藏。是个好汉就痛痛快快束手就擒！”

“啊，我正有此意。和那女人也乐够了，没什么遗憾。

喂，那边的小子，过来吧，我准备好了。”

纲藏把双手并拢，向前伸去。

“好，慢慢过去，别掉以轻心。”

德十的声音传来，纲藏则轻蔑地冷笑几声。

灯笼的光圈逐渐缩小，通红火光的正中心，纲藏的身影被照亮。他月代头[①]的剃发长了出来，胡子也长了，但看上去并不落魄憔悴，依然是精勇强悍的模样。

从一群捕快中间，有四道人影朝纲藏走去。这四人刚走到纲藏跟前，便猛地扑向他，将纲藏压倒在地。纲藏怒吼，但捕快们毫不留情地将他绑得动弹不得。被拉起来的纲藏，像一只被拔了毛的鸟。倒地时，他的脸似乎被擦破，黑红色的血流下来，使他看起来无比凄惨。

“好，带走！”德十的声音冰冷。

围住纲藏的人群开始移动，甲吉走到德十面前。德十看了他一眼，只是点了点头就准备离开。甲吉闻到了烟草味儿。

“头儿。”

---

① 为日本成年男性的传统发型。将由前额侧开始至头顶部的头发全部剃光，使头皮露出，呈半月形。

“……”

德十转过身，他那张瘦长而又没有什么血色的脸罕见地流露出一丝情绪的波动。

“多少有些在意吧。被一个女人骗走，真是太不应该。”

“……”

“不过……”

德十注视甲吉的眼睛，眨了一下。

“你的行动我一直都知道。之所以没告诉你，是因为情况对我们有利。别多想了。这次的抓捕，你意外起了最大的作用。”

这话让甲吉倍感羞辱。从德十的言辞背后，甲吉不经意看到一个黑暗的裂缝。透过裂缝，他似乎窥见一种冰冷且阴森的寒光，如同爬行动物的脊背一般。此刻雕宇那杂乱、总是让人感到疲惫的工坊，竟让他心头一紧，深感怀念。

甲吉掏出捕棍。

“这个还给你。”

“哪能你说还就还，想想阿澄！”

德十板着脸，神情严厉。这时，远处传来纲藏带着哭腔的喊叫："阿文，阿文！跟我一起走吧！我不想死，不想一个人死……"

待那哭声渐止，德十满意地哼笑一声，之后未再看向甲吉，而是对着等待他的手下们，说：

"走吧。"

众人离去，空荡荡的地面被寂寥清冷的月光照亮。不知不觉间月亮已悄然升起，夜晚湿润的空气中，仿若什么都没发生一样，飘荡弥漫花香。

月光照亮站在屋前的女人。甲吉踩着湿漉漉的草地走近，站在阿文面前。阿文身着一件松垮的睡衣，腰间只系着一根细带，魂不守舍地望向众人消失的茅町方向。半扇门掉了下来，从入口处向里望去，昏黄灯影下隐约可见房内的一片凌乱。甲吉移开了目光。

"你……"

甲吉开口，绝望使他的声音愈加平静。

"你果然是给我设了圈套吧？"

其实无须多问，德十方才已经证实，但甲吉还是忍不住问出口。

"你对我说的，都是在撒谎？"

阿文缓缓转过头看向甲吉。她睁大的双眼里，没有甲吉的影子。阿文眼角轻轻上扬，脸上笼罩着一种光彩，她微开双唇，似乎带着一丝笑意。阿文站在一个甲吉不知晓的、遥远的地方。

被深深的悲伤驱使，甲吉握住了女人的手。那只手没有抵抗任由他握住，却惊人的冰冷。甲吉抬起那只手，轻轻吻了吻，又把手放回，低着头转身离去。

八

喜三郎在角落里默默磨着凿子，这可是难得一见的光景。

“芳和屁精，躯干的进展怎么样？能赶得上吗？甲吉这边，只剩最后一个头部了吧？到天亮前应该可以完成，不用急，慢慢来。”

雕宇嗓音沙哑地说道。蜡烛的火光把工作间照得红彤彤，众人虽不发一言，屋子里却充满朝气。昨日傍晚，雕宇从出版商那里接到了一份订单，是长喜的美人绘七幅连作。荣松斋长喜近年鲜有新作，这次和出版商就时隔许久后推出的大首美人绘洽谈时，想起了昔日在升阶堂熟识的雕宇。

“先生对我们有恩，无论如何要按时交差。”

雕宇一边在工作间来回踱步，一边高兴地嚷嚷。

晚间十时左右，从供人居住的屋子方向，传来阿泷和谁讲话的声音。大家都安静地投入在自己的工作中，只有雕宇背靠着墙，张着嘴睡着了。

“怎么回事？说了不行，怎么还硬闯进来？”

忽然听到阿泷尖声大喊，之后传来一声闷响，像是有人倒在地上，接着传来阿泷的惊叫。

男人们齐齐从刻台前抬起头，工作间的入口站着一个男人。不止一人，后面还有四五个人的影子。

“晚上好啊。”

探头进来的男人用戏谑的语气说。甲吉看到被百目蜡烛的光照亮的男人的脸，感到双颊一阵冰冷。这人正是他在阿文家见过的那个圆脸、满是青色胡茬的中年男人。

男人漫不经心地环视工作间，说道：

“老头子睡着了啊。喂，喜三郎，出来一下！”

听到这声音，喜三郎像被弹起一样站了起来，但他朝着与门口相反的方向缓缓后退，逃到工坊的角落。喜三郎的眼睛瞪得溜圆，面部抽搐跳动。从他手中掉落的凿子，在木版上发出清脆的响声。

“怎么回事，喜三郎？”

被吵醒的雕宇一脸愕然地站了起来。

“哎呀，你往哪儿跑啊。都特意来接你了，至少也该笑脸相迎啊。”

“这家伙是什么人？”

雕宇粗声怒吼。

“我不管你找喜三郎有什么事，但半夜三更不声不响闯进别人家，就是贼！”

“老头子你闭嘴。”

青胡茬眼神凶恶怒喝一声，但立时转而咧嘴一笑，用装出来的礼貌语气说：

“真抱歉啊，深夜来访，还大吵大闹，实属无礼。咳，我们只是找喜三郎有点儿事，就一小会儿，借用下这小子。”

“师父，救我！”

喜三郎突然大声呼救。他紧贴墙板，似乎想把自己的身体嵌进去，双腿剧烈颤抖，几乎要瘫坐在地上。

“他们会杀了我。”

“别说这么吓人的话。”

青胡茬训斥道。

“老大在外面可等得不耐烦了。就一小会儿，他就是想跟你谈谈，仅此而已，对吧，兄弟们？”

青胡茬回头看了一眼。

于是一群身形彪悍的混混冲进工坊。这些人故意磕绊刻台，踢翻工具箱，走到喜三郎身边，粗暴地把他从墙边拉了过来。

喜三郎似乎已经没有了挣扎的力气，他小声求饶：“救救我，甲吉、芳兄，求求你们。”

“老实点！你早该想到有今天！真不像个男人。”青胡茬说道。

“瞧，这家伙尿裤子了！真没出息！别管他，拉出去！”

喜三郎像具死尸，两腿拖着正要被拉出工作间时，雕宇紧紧抱住青胡茬。

“现在不能带他走，我们正赶工一个非常重要的订单。是钱吗？是吗？是钱的话我会想办法。别胡来。”

“这不是钱的问题啊，老爷子。”

青胡茬一根一根掰开雕宇的手指。

“这小子出老千，有些事还牵扯女人，相当严重啊。”

青胡茬摇摇头说了句“再见啦”，但像是发现了甲吉，于是停了下来。

“呦，这里有条狗。”说着他死死盯着甲吉。

甲吉感到从内心深处涌上来的恐惧。捕棍不在身上，自己像是赤身裸体在面对手持武器的对手。他强忍住牙齿的轻微打战，生怕对方察觉。

“真是意外，如何是好啊，小兄弟？”

青胡茬说着，一副要开斗的架势。

“要掏出你那长棍亮出身份吗？但我要告诉你，不是每次都奏效。怎么办？要不要试试？”

“那得看你们了。”

甲吉故作镇定地说。心知不能让对方察觉自己没有捕棍。要是露出马脚，那就完了。

“如果你们敢乱来，就别怪我不客气。”

青胡茬用鼻子哼地冷笑一声：“为了你自己还是乖乖看着。老实说，要干掉一条狗可并不难。”

说完男人又笑了声，优哉游哉走出了工作间。

外面忽然传来一阵杂乱的脚步声。虽然没有听到人声，但脚步声的间隙，似乎有人撞到了木墙板，发出嘎吱嘎吱的声响。工作间的窗外也传来急促的喘息，但一切都马上戛然而止，安静了下来。

没过多久，从远处传来摄人魂魄的凄厉惨叫。

工作间里，男人们全部跪坐着，像被冰冻住一动不动。

“喜三郎看样子是被干掉了。”

雕宇小声说着。阿泷走进工作间，坐在门口抽泣起来。

“怎么办？”

芳藏半蹲着，看向甲吉说道。芳藏的眼睛不停地眨动。甲吉点了点头，站了起来，芳藏和屁精也紧跟着起了身。

三人走到外面，是一个朦胧的月夜。月亮带着彩虹般的光晕，斜挂在天上。除了不知从哪里飘来的浓烈花香和夜晚潮湿的空气，巷子里没有人影，更不见他们期待的喜三郎的踪影。三人一路走，走到四丁目尽头，已经可以看到浅草御门，回来的路上又找寻了横山町的大街小巷，但空荡荡的街道一眼可以望到底，只凝滞着春夜微热的空气。三人在横山町的街角互相看了看，默默返回了巷子。

回到工作间时，雕宇已经坐在喜三郎的刻台前，大口饮着酒。阿泷坐在他旁边，正从酒壶里给他倒酒。盘腿坐在地上的雕宇头顶只及阿泷的肩膀。

“倒满倒满。”

雕宇举起茶碗说道。阿泷挽起碎发，拿起酒壶给他倒酒。

“没事啊，别担心。”

雕宇看了看大家说。那张猴子般满是皱纹、嘴部前突的脸已经涨得通红，嘴唇还闪着油光。他唾沫横飞地说：

“甲吉，别担心。你一张，我两张，天亮之前我们完成。平生绝技今宵展，宇七之名彻八荒，嘿嘿。”

雕宇的身体摇晃着向前栽去。坐直后，又对阿泷说：“倒满，再倒满啊。”他瞥了一眼贴着美人绘的木版，眼睛像鱼一样血红。

雕宇咕咚一声，将茶碗里的酒一饮而尽后，面向刻台拿起了刻刀。但雕宇的手在木版上不由控制地不住颤抖。身体就像并非雕宇的身体，而是另一个生物一般。

雕宇险些划伤木版。他慌张地放下刻刀，盯着自己颤抖的右手。

“还不够，再倒满。”

雕宇再次举起茶碗说道，但眼中却透出一丝胆怯。他不知所措地看向四周，从阿泷的膝前抓起酒壶，自己倒起酒来。酒都饮尽，他闭上眼睛，垂下了头。

甲吉看到，一滴泪水从他的眼角滑落。

“师父。”

甲吉说。

“您去休息吧，剩下的我们来做。”

“说什么哪，你这小毛孩子。”

雕宇含糊不清地说道。

“荣松斋长喜是个好画家。阿泷，继续倒酒，还不够。”

雕宇的头越垂越低，不久传来平稳的鼾声。

甲吉走到外面，从井里打水洗脸，屁精也跟了过来。甲吉本以为他也是来洗洗清醒下，但好像并不是。屁精一言不发站在那里。

“怎么了？”

甲吉擦干脸，转向屁精问道。

“刻三张头部可不简单。”

屁精用难以听清的低声说道。

“我来刻一张。”

“你……”

“嗯，虽然好多年没刻过了。”

“对不住，大叔。”甲吉说。

没有必要询问能否胜任。人为了生存，往往要隐藏很多东西，而这个男人所隐藏的，恐怕比自己想象的更多，更深不可测。

想到这里，甲吉再次说道：“有劳大叔，真是帮了大忙。”

九

雕刻完最后一块色版，甲吉走到外面。

巷子里飘浮着白色的晨光。那雾霭的白色甚至刺痛甲吉缺乏睡眠的眼睛，让他感到一阵轻微的眩晕。从房檐下往外走，脚下轻飘飘地不踏实。工作间里，芳藏和屁精应该还在酣睡。

巷子里飘着淡淡的硫黄味。这股刺激鼻腔的气味是由于这一带有很多制作引火条的作坊。这气味让甲吉有些低落。这片不起眼的街区，此刻正渐渐苏醒。

郁郁不畅的内心，浮现出阿文的面容。

甲吉本没有打算再见她，但昨晚辛苦赶工的时候，甲吉一直想着阿文。荣松斋长喜描绘的女人是温婉可人的，即便是娼妇的形象也娇柔令人怜爱。画中小巧的嘴唇和光滑的脸蛋不时与阿文的形象重叠在一起。

踏着草鞋的甲吉放轻脚步，静悄悄离开了雕宇的工坊。走到大路上，薄雾中行人如影子般若隐若现，经过站立在那里的甲吉面前，又如影子般，隐没在薄雾中。

八幡神社的庭院和点缀着花草的空地，应该也被薄雾笼罩着吧。乳白色的空气中飘着炖煮食物的气味，不久后太阳升起。在房屋和树枝的轮廓渐渐清晰的时候，阿文会像往常一样，若无其事地走出家门，微低着头，向三丁目走去吧。

甲吉走得很慢。

不管是广小路方向，还是浅草桥上所见的大川，皆是雾气弥漫。过了桥，来到茅町的大街上，街上稀稀落落的人影在移动。但整个街道像是还在沉睡中。近一个多月，甲吉每天都经过这条路，此时忆及，仿若是一场梦。当时他那样做是为了钱，但如今想来，也似乎是为了阿文。

八幡的院子里静悄悄的。在这静谧中，隐隐飘来炖菜的香气，周围的家家户户，人们已经醒来，喧闹充满生气的一天即将开始。

空地上也积聚着薄雾，静静地飘动着。甲吉站在篱墙边上，望着远处隐约可见的阿文的家。

甲吉的胸口蓦地剧烈起伏，心跳得厉害。

晨雾散去，不久后门会开启，而阿文会出现在晨光中吧。阿文只笑过一次，喉咙里发出像鸽子般的咕咕声。她打湿的手，柔软的身体压在胸前的重量和温暖——这些记忆历历在目。甲吉的心怦怦直跳。那一夜，他看到的只是一个情妇阿文；但在同一晚，阿文眼中，甲吉也是怀中藏有捕棍的下引。他无法责备阿文。

阿文的家门依旧紧闭。屋内的她是不是已经醒来，下到厨房，像某个夜晚那样弄出哗哗水声？

阳光照在家家户户寒酸的外墙，轻抚着空地上杂乱生长的草。夜晚留下的水滴在草上反射着光。随着朝阳渐升，薄雾在空中一时亮晶晶地闪着，但很快失去了厚度，最终消散不见。随之而来的是开门声、孩子的啼哭、打碎碗盘的声响、叫卖声，这些声音逐渐填满了空地，整个街道像是用画笔层层涂画上嘈杂和喧嚣。

阿文家的门仍然是关着的。

一种隐隐的不安开始笼罩甲吉。有几个行人经过阿文的家门前，邻居家的房门也已经敞开，可以看到有人进进出出。

甲吉离开篱墙，出了神社的院子，开始小跑。当他拐过街角，来到阿文家门前时，印证了心中的不祥之感。

阿文家房门紧锁，没有任何人的影子。

他敲了敲门。

听到声音，从隔壁走出一个女人。不只是隔壁，从前面的长屋也走出三四个女人，站在路上看向甲吉。

“住在这里的人呢？”

甲吉转过身问那些女人。女人们不回答只是看着他。朝日强烈的光辉从她们身后照射过来，散乱的发丝在这晨光下闪着金光，但面容却模糊不清。

“我是来找叫阿文的人。”

甲吉急切地问道。

“她不在吗？”

“她走了啊。”

其中一个女人说。女人们身后耀眼的阳光让人看不清她们的表情，就像是一个黑色的影子在说话。

“走了？ 去哪儿了？”

甲吉感到喉咙干涩，声音也异常嘶哑。

“谁知道啊。”

一个影子慢悠悠地说，随后周围的影子们不知为何窃笑起来。

“你们是她的邻居，知道阿文的老家吗？ 她说过有一个很远的老家。你们听说过这些吗？”

“谁知道啊。”

又是拖沓轻慢的语气，一个影子弯下腰咯咯笑起来。深重的绝望压在甲吉胸口，其后涌上来的是悲伤。他试图推开紧闭的门，但仔细一看，木板被牢牢地钉在下面的门槛上。

“是空房子。”

“打开也没用。”

仍然站在街上的女人们说道。话语中不知为何处处充满了敌意。

甲吉查看房子和四周，没有留下任何阿文曾在那里居住过的痕迹。只有这间断绝人烟的房子，静静地伫立在那儿。里面只有青白色的光沉淀着吧。不再是诱饵的阿文，想必已经飞往远方。

甲吉垂下头，明白了自己心中的那份绚丽而又温柔的念想已然结束。想到这里，虚无感仿佛等待已久，迅速占据了他的内心。

甲吉走到路上，女人们聚成一团，避让在路边。明亮的阳光照在她们身上，而她们不过是些寻常妇人。

与阿文之间的事，像是发生在很久以前，遥远得几乎无法相信曾真实存在，让人无比感怀。这样思量的时候，甲吉看到洒满阳光的前路，那熟悉的、褪去色彩的日常生活正缓缓向他而来：阿澄会咳出像花瓣一样的血；德十仍然会将那张灰色、毫无表情的脸挡在他面前；喜三郎依然下落不明；在工坊，雕宇努力掩饰自己身上的酒气，芳藏和屁精则弓着背，不停地雕刻着木版。

背后传来女人们的哄笑。听着那笑声，甲吉微微低头，缓步继续向前。此刻，他已完全无须再着急赶赴任何地方。